AF599876

LAS ABEJAS NO MADRUGAN

Arturo Girón

Aliarediciones

Corrección: Inés González Calo
Diseño de cubierta: Laura Sotelo
Maquetación: Aliar Ediciones

Depósito Legal: GR 1223-2025
ISBN: 979-13-87823-77-1

Impreso en España

Edita
ALIAR Ediciones
www.aliarediciones.es
info@aliarediciones.es

LAS ABEJAS NO MADRUGAN

Arturo Girón

Para Gerardo

CAPÍTULO 1

LA BURRA SIN NOMBRE

Recuerdo que tendría en torno a seis años cuando fui con mi padre a buscar una burra a Cuchía, fuimos caminando por la pista de Solvay hasta llegar a las casas más viejas del pueblo, junto a la iglesia de San Juan.

Era un burra negra, muy joven y buena. Una burra que nunca tuvo nombre, solo se la llamaba así, burra. Anduvo todo el camino de vuelta a nuestra casa como si estuviera acostumbrada a nosotros desde que nació y hasta parecía feliz. No puedo recordar si, en algún momento, mi padre me subió a lomos de la burra. Eran algo más de seis kilómetros y yo era muy pequeño.

Poco tiempo tuvo la burra para acostumbrarse a su nueva casa, al día siguiente ya estaba aparejada al carro y tirando de él para ir a buscar verde para las vacas. Así fue acostumbrándose a salir cada tarde, cuando mi padre volvía a las seis de Solvay y aún tenía tiempo para ordeñar dos o tres vacas, de ir a segar un carro de verde y sacar el abono.

Unos quince años estuvo la buena burra en casa tirando del carro para ir a buscar el verde cada día, llevar el abono, ir a por agua, a sembrar, pasar el rastro, a por remolacha y nabos, a por panojos, a por alubias, patatas o panojas. Recuerdo que lo más duro era la hierba, la pobre burra tiraba del carro sin aliento. Sobre todo, cuando tocaba la hierba de la Cantera, donde tenía que subir una larga cuesta y donde se llevó muchos palos.

Cada tarde era lo mismo. Se sacaba el carro, se aparejaba la burra, se le colocaba el carro, se cargaba el dalle, el bieldo y la rastrilla y nos subíamos, mi padre en el lado derecho con las riendas y el cigarrillo de tabaco caldo, y yo al otro lado preguntando y escuchando las historias que me contaba.

Uno de los trayectos más largos era ir al cierro, habría casi dos kilómetros. Teníamos que atravesar el pueblo, bordear la casa del cura y subir una pequeña y empinada cuesta donde había una casa pequeña con una enorme higuera junto a la carretera y bajo la higuera siempre estaba un hombre rechoncho con un sombrero sentado a la sombra. Era Jamín y, cada vez que pasábamos frente a él, mi padre me contaba la misma historia.

—¿Sabes que Jamín fue andando a Madrid y volvió? Desgastó siete pares de alpargatas. Nunca me explicó a qué, ni a mí se me ocurrió preguntárselo, solo insistía en los siete o no recuerdo cuántos pares de alpargatas había desgastado.

No era una parada frecuente junto a la higuera, pero en ocasiones sí que nos deteníamos a charlar un rato, luego seguíamos frente a la iglesia, la casa del zurdo, hasta cruzar a la carretera general dejando el bar Machaco al lado derecho. Al cabo de un rato, salíamos de nuevo al camino real, como lo llamaba mi abuela la Chuspa, y volvíamos a un estrecho camino que se iba haciendo peor hasta que llegábamos al cierro.

A mí me gustaba mucho ir al cierro porque se solía sembrar alfalfa y era muy fácil para aprender a segar, aunque no llegaría a ser un maestro como mi padre. Sin embargo, la rastrilla siempre fue mi fuerte, la forma de cargar un carro con ella es un verdadero arte.

Era la España de finales de los sesenta y principios de los setenta, la España de infancia feliz de un niño de pueblo que jugaba al tenis en la calle con palas de madera y una cuerda como red, al escondite, a dar la «vuelta al mundo», era la ruta de algunos domingos recorriendo el perímetro de la ría que bordeaba al pueblo, desde vuelta ostrera hasta Los Cantos, a poner cepos en invierno para cazar miruellos, a robar la fruta de las huertas o muchas otras aventuras y averías.

CAPÍTULO 2

JAMÍN

Jamín era un joven de treinta y dos años, atlético, con unos brazos fuertes como mazas, acostumbrado a los remos, a salir al alba a pescar en su bote junto al patrón, el gigante, y a sortear la peligrosa barra de Suances hasta llegar a media milla de distancia en busca de maganos, cabras, jargos, machotes, lubinas y salmonetes, dependía de la temporada y la suerte.

Si había buena pesca, las mujeres de la casa recorrían con un carro todas las calles del pueblo vendiendo el pescado. Eran para todos tiempos duros, de mucha miseria y hambre, pero menos de los que vendrían un año y medio más tarde al estallar la guerra civil.

Jamín había dejado la escuela a los doce años para ponerse a ganar un jornal. Escribía a duras penas, pero leía bien porque le gustaba mucho la política y devoraba los periódicos y todo lo que llegaba a sus manos. Era un socialista convencido y militante. Desde las elecciones de 1931 soñaba con una España de izquierdas alejada de la España negra y religiosa.

Hacía ya cuatro años que vivía con Nina, la hija de la Reina, sin haber pasado por el altar. No solo no se habían casado por la Iglesia, sino que fueron los dos a hacer un puro trámite, una firma con dos testigos en el registro civil de Torrelavega, habían vuelto a casa, habían comido unas alubias y se habían ido toda la tarde a hacer los chorcos de las patatas a la mies de abajo. Era un día soleado de marzo de 1932 y no se podía perder el tiempo.

En esa época, en el pueblo había que trabajar, resistir, malcomer o intentar emigrar, como el tío Antonio que, veinte años antes, y para no tener que alistarse y combatir en la guerra de Marruecos, salió en un vapor del puerto de Comillas escondido en un baúl junto a su primo Mundo rumbo a la Argentina.

Los dos primos llegaron a Buenos Aires directamente desde aquel pequeño pueblo de la costa de Santander y allí les pareció que habían llegado a otro planeta. Pronto se establecieron en Ayacucho, un minúsculo pueblecito ganadero a unos quinientos kilómetros de la capital, en una llanura fértil donde pastaban vacas y caballos, un entorno que conocían porque había nacido en una casa pobre que compartían con cuatro vacas y ambos, desde pequeños, sabían manejar el ganado.

El tío Antonio había vuelto un año antes, dejando sus negocios argentinos a cargo de un socio que le arruinaría a su vuelta. Con la plata que trajo construyó una buena casa en la mies de Abajo, muy cerca de la casa de Augusto, que era la mejor del pueblo.

La casa estuvo lista justo a comienzos del otoño de 1935 y allí se fue a vivir con su hermana María. Pero el indiano no llegó a pasar las Navidades en su casa y a comienzos de diciembre ya se había embarcado para regresar a la Argentina, allí, nada más llegar, descubriría que su socio le había jugado una mala pasada y tenía que volver a empezar de nuevo porque solo tenía deudas.

Aún pasaría dos o tres veces más de la riqueza a la ruina hasta su muerte en 1961. Así era el país de la riqueza y de las oportunidades. Hoy tenías mucha plata y al día siguiente eras pobre.

CAPÍTULO 3

LA VIRGEN DEL CARMEN

El 16 de julio era uno de los días más felices de mi infancia. Te despertaban los cohetes que lanzaban en el barrio de la Cuba en Suances, justo al otro lado de la ría.

Era El Carmen, la patrona de los marineros y nosotros lo celebrábamos como un día grande porque también teníamos un barrio, el Barco, en el que varias familias, muy numerosas, tenían sus barcos y se dedicaban a la pesca.

Ese día, desde primera hora, las madres habían ido a la peluquería, estrenaban una bata de verano y preparaban la tortilla y los filetes empanados para comer en Suances bajo los pinos. Madres, tías y primos enfilábamos hacia los Cantos y ahí, los marineros nos cruzaban en sus botes a los barcos que estaban fondeados en el lado de Suances.

Los barcos estaban adornados con cientos de banderines y flores y nosotros nos apresurábamos para coger el mejor sitio en proa. Una vez que los barcos estaban cargados hasta los topes zarpaban hacia la barra para encontrarse con el resto de la flota y escoltar todos ellos en procesión al barco que llevaba la Virgen del Carmen. Primero salíamos hacia la costa, la espuma que dejaban atrás las embarcaciones iba formando un enorme círculo hasta que volvían tocando sus sirenas para adentrarse en las aguas más calmadas de la ría hasta la vuelta Ostrera.

Quienes no habían llegado a embarcar saludaban desde ambas orillas, algunos subidos en sus botes y nosotros devolvíamos entusiastas los saludos desde los barcos.

Cuando terminaba la procesión desembarcábamos en el lado de Suances y las familias nos íbamos a buscar un buen sitio para comer. Era uno de esos días grandes. Hacia las cuatro de la tarde regresábamos a los barcos, que lentamente iban poniendo rumbo a los Cantos, y allí en los botes pasábamos a nuestra orilla y regresábamos a casa.

Teníamos que hacerlo antes de que sonara el pito de Solvay, siempre puntual a las seis de la tarde, porque eso significaba que había que retomar la rutina diaria. Aparejar la burra, e ir a segar. Eso si no teníamos hierba para dar vuelta o para segar que en esa época era el momento de meter la hierba y aprovechar que viniesen cuatro o cinco días buenos de sol y que no se mojase.

Jamín y el Gigante tenían su bote en la Pozona, un pequeño embarcadero que habían hecho entre los vecinos que se dedicaban a la pesca.

Esa mañana de finales de septiembre era un poco fresca, aún era noche cerrada cuando comenzaron a alejar el bote de la costa y a remar hacia la canal. Justo cuando tenían que hacer un giro para salir de la Pozona, el casco del bote golpeó contra algo, un tronco de madera que la corriente arrastraba hacia adentro porque la marea aún estaba subiendo. Jamín fue a apartar el tronco con el remo cuando notó en el tronco unos reflejos de la luz de la luna, lo acercó para verlo mejor y descubrió que era así como una imagen, increíble, pero parecía una virgen con su niño.

Ayudado por Gigante lo arrastraron hasta la orilla y sacaron ese bulto inerte del agua. Apenas se veía y tenían que aprovechar la marea así que lo dejaron oculto bajo unos trasmallos y se hicieron a la mar.

En silencio vieron cómo la noche se hacía cada vez más clara. La mar estaba en calma, aunque la corriente subía con fuerza. Los dos remaban muy sincronizados y sabían cuándo cambiar la marcha. Era una marea grande y apenas se veía playa. Cuando comenzaba a amanecer ya estaban lanzando sus aparejos.

Cuando el sol estaba en lo alto ya tenían unos cuantos kilos de cabrachos, jargos y lubinas y regresaban a la pozona.

CAPÍTULO 4

2 DE OCTUBRE, EL DÍA «D»

Habían conseguido una pesca magnífica y estaba decidido: al amanecer del día siguiente, 2 de octubre, emprenderían la marcha a Madrid.

El impulsor de esa caminata a Madrid había sido el alcalde, Velar, un socialista convencido y buen agitador de masas, pero Jamín era algo así como el lugarteniente. No tenían dinero para tren y, ni siquiera, una bicicleta, pero tenían la fuerza de sus piernas.

La cita era el 20 de octubre en el campo de Comillas, allí, al mitin de Manuel Azaña, llegarían más de cuatrocientas mil personas —la mayor concentración de la historia—procedentes de todos los rincones del país.

Del pueblo al menos diez irían, aunque algunos afortunados, como Toñuco Butano, lo haría en una bicicleta de radios de madera que le daría muchos problemas, pero que lograría llevarle a Madrid y de vuelta a casa.

Más de cuarenta años después, Toñuco seguía subido a su bicicleta. Nunca le veía andando, siempre pedaleando, delgado, fibroso, incansable. Vivía en el Ventorro, en la recta que conducía al pueblo, al lado del camino real que llamaba mi abuela. Cuántas veces circularía a un lado y a otro bajo los enormes plátanos que daban sombra a la carretera. Un continuo ir y venir hasta que sus piernas no pudieron más.

Habitualmente nos lo encontrábamos cuando iba con mi padre en el carro al prado del marqués, que está cerca de su casa. Toñuco siempre saludaba levantando la mano y gritando alguna expresión con una voz rota, desgastada por los años.

Poco después mi padre me contaba la historia de Toñuco en París. Parece que llegó a la capital francesa en bicicleta, claro, y en la Place de la Concorde, se desorientó y empezó a dar vueltas en círculo una y otra vez sin saber salir de ahí, hasta que un guardia municipal se percató y logró ponerle en la dirección correcta.

En esa recta, unos dos kilómetros que separan el pueblo de la estación de tren de Mar, me pillaron heladas, granizadas, aguaceros. Era el camino que había que hacer si venías en tren de Santander y solo te salvaba Uca, la lechera, cuando te encontraba en su DKV cargado de ollas de leche. Si eso pasaba, había que hacer la ruta con ella, casa por casa recogiendo calderos de leche, echándolos a las ollas, cogiendo muestras, hasta llegar a casa. Tardaba más en recorrer esos dos kilómetros que el tren de Santander a Mar, pero lo bueno es que llegabas a casa informado de todo lo que pasaba en el pueblo.

En una ocasión, yo llevaba una gabardina verde de grandes solapas de primeros de los 70, me la habían comprado un par de tallas más grande para que me sirviera unos años; casi me llegaba a los tobillos y las mangas me cubrían las manos. Llovía tanto que, o bien la dejaba en la cuneta, o era imposible dar un paso de lo empapada que estaba y el peso que tenía que arrastrar. No se me ocurrió otra cosa que meterme debajo de unos tubos de hormigón que estaban alineados en la carretera y que eran de una fábrica que había en la recta. Allí pasaron horas hasta que paró de llover.

Era el día, se había levantado un viento sur. Jamín cerró el hatillo que le había preparado Nina y que, aparte de un poco de comida solo contenían dos pares de alpargatas, abrazó a su mujer y salió a oscuras de casa disimulando las lágrimas. Solo alcanzó a decir: "Volveré pronto. Te lo prometo".

Habían quedado en la esquina del Rojo, junto a la carretera general. Fue el primero en llegar y eso que él vivía en el Barco, el barrio más alejado, pero pronto fueron apareciendo el alcalde Velar, Toñuco Butano y el Locho.

Cuatro caminando y uno en bicicleta de radios de madera bajo los plátanos de la recta. Había empezado la marcha a Madrid, ¡por la República!

CAPÍTULO 5

EL CINE

No recuerdo cuándo, pero seguro que aún estábamos en los sesenta cuando los reyes nos trajeron a mis hermanos y a mí un cine. Así, como suena. Era una especie de caja metálica que se abría en dos. En la más cercana al cuerpo del proyeccionista tenía una bombilla y en la otra parte dos bobinas, que era donde se colocaban las películas y una manivela, para que las imágenes tuvieran movimiento.

Solo me viene a la memoria una película de dibujos que eran perros ladrones con su antifaz y perros policía que les perseguían. El lugar del proyeccionista, que por lo general era yo, estaba encajonado entre la mesa de formica y el fogón y la chapa de la cocina de carbón. Este también era mi sitio en la mesa a la hora de comer, hasta que años más tarde se cerró el portal de casa y se transformó en un salón y nadie volvió a sentarse en la cocina.

Me ponía de rodillas en la silla y comenzaba a darle a la manivela mientras las imágenes iban moviéndose en la pantalla, que no era otra que un armario blanco con bisagras y tiradores metálicos que estaba enfrente. Solo recuerdo de ese armario que en él se guardaban unas enormes salchichas de mortadela que eran la merienda habitual, además del pan con chocolate Dolca.

Muchas veces se interrumpía la película, con las vivas protestas de mis hermanos y mis primos, porque se trababa la película o el excesivo calor de la bombilla hacía que se quemara. Entonces tenía que cortar y empalmar. Todo un profesional del cine.

Teníamos también un cine en el pueblo, se llamaba el Marilines. En la parte de adelante había dos bancos antes de la fila de butacas, era general y costaba siete pesetas, la butaca doce. También necesitábamos alguna peseta más para comprar algo en el puesto de Rosa la Negra, una vieja arrugada que nos daba miedo. Vivía junto a la Cueva de Martina y pasábamos por la calleja que separaba su casa de la cueva corriendo por miedo a que nos tirara a lo más profundo de la oscuridad de la cueva.

El proyeccionista era Jamín, el Revirao, marido de la Rumba. Un poco antes de que empezara la sesión pasaba delante de mi casa y ya sabíamos que tenía una cita con los rollos de las películas. El cine tenía descanso a mitad de película con «visite nuestro bar» y muchas veces se cortaban igual que en mi minicine, quemadas en medio de un ataque de los indios.

Era una pantalla gigante, donde casi siempre echaban películas del oeste, que nos hacían salir a todos los chavales con unas ganas tremendas de hacernos con una pistola, unas cartucheras y un fusil.

En Reyes de 1970 amaneció con una nevada impresionante. Entre mis regalos el cuento de Pedrito y el lobo y una escopeta parecida a la suya que disparaba un tapón de corcho atado a una fina cuerda que no tendría más de un metro.

Subía entusiasmado las escaleras de casa de mi tía para enseñársela a mis primos y allí estaba mi primo José con una escopeta de perdigón en toda regla. Los dos cogimos nuestras armas y nos fuimos a cazar. Había cuajado quince o veinte centímetros de nieve, algo muy raro en un pueblo de costa, y teníamos que levantar nuestras katiuskas con dificultad. Recorrimos buena parte de la pista, la mies de Abajo en busca de miruellos, malvises, colorines o cualquier otro ser volador, pero con muy mala suerte. Cuando, un poco desmoralizados y agotados, estábamos llegando a casa de vuelta, a mí se me ocurrió una de mis averías: atacar el gallinero de la vecina Camila; y así hicimos, sin piedad, alguna quedó herida, pero a la mayoría les salvó la poca puntería de los cazadores.

CAPÍTULO 6

EL CARRO DE HIERBA

En esa primera quincena de julio mi padre se cogía unos días de permiso para meter la hierba, pasarían muchos años hasta saber qué eran las vacaciones. Durante toda mi infancia y adolescencia nunca conocí a nadie que se fuera de vacaciones.

La época de la hierba era una de las mejores del año. El trabajo de los adultos era muy duro, pero era algo que hacían a gusto y, además, eran unos días que se ayudaban unos a otros, al menos entre las familias.

Lo que más me gustaba, y creo que en eso era un artista, era acaldar el carro, imitando a Cabrero, que era el único que en esa época tenía una pareja de bueyes y hacía unos carros que llamaban la atención de todo el pueblo.

Nosotros íbamos con el carro y la burra, la burra sin nombre, era simplemente burra, y cuando teníamos que traer la hierba de un prado que todo el camino era llano, poníamos atrás y adelante del carro unas extensiones de madera para poder cargar más, la horquera y la rabera. Yo recogía las horcadas que me lanzaba mi padre, las acaldaba, hacía una especie de moñetes en las esquinas, colocaba una gran horcada en el centro y así se iba cargando un carro que cuando terminábamos ni siquiera se le veían las orejas a la pobre burra.

En una ocasión, al salir del marqués, un prado que está cerca de la recta —el tramo recto de la carretera de entrada al pueblo— el carro pilló un profundo bache y yo, que iba arriba del carro, salí despedido y medio carro de hierba detrás tapándome por completo. Solo fue un susto.

Al llegar a casa venía una de las partes que más me gustaba. Algún adulto iba descargado el carro a la puerta del pajar, otro recogía la hierba y la iba echando al suelo, a medida que aumentaba el nivel de hierba los niños pisábamos y saltábamos para que pudiera entrar más y esa era la parte más divertida.

El pajar siempre fue un refugio que encerraba ratos felices de la infancia, salvo cuando venía el camión de Jaime con los sacos de paja. Era uno de los momentos más duros, descargar los sacos del camión y colocarlos en el pajar. Al terminar había que contar sacos vacíos tantos como los que se habían ingresado llenos y tener cuidado de colarle a Jaime los que estaban rotos.

La escalera para subir al pajar era muy estrecha y, al llegar arriba, había una trampilla que se levantaba o una simple tabla que se corría. No tenía dos años y tengo el recuerdo de haber subido a gatas la escalera; cuando casi estaba arriba, mi padre, que estaba en el pajar, dijo algo parecido a «¿quién anda ahí?», y acto seguido, mi padre contaba que escuchó: «Taturo», y tras esa palabra, rodé por las escaleras hasta el suelo.

Ese debió de ser uno de los primeros accidentes/ travesuras de mi infancia porque cada dos por tres estaba con mi madre en el hospital de Solvay, era un consultorio médico de la empresa donde trabajaba mi padre, pero yo siempre lo llamé y creo que los adultos también, el hospital.

Por aquella época había unas pilastras con unas barras que cerraban el portal de casa, llegó el afilador en bicicleta gritando «El afilador, ha llegado el afilador...», mientras con una especie de armónica hacía un agudo sonido entre grito y grito.

El afilador apoyaba siempre su bicicleta en una de las pilastras del portal, ese día a mi madre se le ocurrió posarme en la pilastra mientras iba a buscar unas tijeras y un cuchillo para afilar, el afilador empezó a hacer su trabajo dando pedales, sacando chispas en la piedra y afilando los cuchillos de todas las mujeres del barrio. Y, sin que nadie se diese cuenta, el niño, yo, se había lanzado o caído de la pilastra y se había clavado una de las palomillas de la bicicleta en el muslo derecho —aún tengo la cicatriz—. Todo el mundo corriendo a parar al primer coche que pasara por la carretera o avisar a Milio, que era el único del pueblo con coche, y al hospital de Solvay, donde con los años me hice muy popular por las constantes idas y venidas.

El afilador volvió durante años y siempre preguntaba por mí: «¿Este es el de la palomilla?», decía.

Justo en la puerta de mi casa es donde también paraba el pescadero. Venía en una furgoneta con un altavoz y se le oía desde que dejaba la carretera general y entraba en el barrio.

«El Momio, ha llegado el Momio. Hay lirios, merluza, sardinas, bocartes, sardas, bonito, fanecas...».

Después empezaba a decir los precios y a repetir: «El Momio, ha llegado el Momio...».

Paraba junto a mi casa, abría las puertas y ahí acudían las vecinas con su plato de duralex en la mano y se arremolinaban los gatos porque siempre les caían algunas tripas o con suerte alguna sardina o bocarte ya muy machacado.

Había épocas, incluso años que unas vecinas no se hablaban con otras, pero ante el pescadero había que hacer de tripas corazón y aguantar la enemistad hasta que te despachaba.

Mi abuela, la Chuspa, solo compraba a veces unos maganos que, aunque vivía con mi tía, se los hacía ella aparte, rellenos, en su tinta y se pegaba una buena panzá. Nunca se fio del Momio porque siempre que se llevaba su medio kilo de maganos venía a mi casa a pedir el peso, la romana, y los volvía a pesar.

Cuando ya los había cocinado y comido yo sabía enseguida si se había pasado. Mi tía siempre decía que su madre era muy lambiona, igual que su hermana la Locha. Si bajaba las escaleras con el pañuelo cubriéndole los ojos, es que había comido demasiado y yo, sin que dijera palabra, ya le preparaba una copa de ginebra que era lo mejor para los empachos.

CAPÍTULO 7

LA CHUSPA

Decía mi tía Josefina que su madre, Josefa, siempre fue vieja. Esa era mi abuela, una mujer que debió de ser fuerte y grandota porque aún hoy, lo es. Siempre iba de negro, una bata negra, delantal negro, chaqueta de punto negra, medias y zapatillas, negras. Solo, en algunas ocasiones, su pañuelo, también negro, podía ser de alivio.

Ella y sus ocho hermanos habían nacido en una pequeña casa de piedra con una puerta y una sola ventana cerca del barrio del Barco. Era una de las casas más humildes y pobres del pueblo, pero, después de décadas deshabitada, seguía en pie.

Mucho frío y hambre pasaron en los primeros años del siglo XX Josefa y sus hermanos, Cándido, Fidel, Ángela, Eduvigis, Conrado, Xisto y María, hambre que arrastró hasta que se hizo vieja, toda su vida. En plena guerra y postguerra compraba un cesto de pescado, se lo echaba a la cabeza y recorría kilómetros y kilómetros hasta que acababa de vender el pescado y entonces volvía a casa.

Mientras revolvía las maderas de la chimenea y daba vueltas a la sartén de castañas en el fuego, recordaba cómo eran esos días de pescado a la cabeza y me decía: «Y durante todo el día lo único que comía era un richi de pan y, con suerte, un arenque».

Cuando se casó con Jesús, el Chuspi, pasó a ser la Chuspa, lo mismo que cuando su vecina Benita se casó con Pepe, el Pisuto, pasó a ser la Pisuta. No hacían las dos muy buenas migas, pero ambas se respetaban por el dudoso honor de ser las más malas del Ayuntamiento. Mi abuela presumía de ese título y no le importaba compartirlo con la Pisuta, porque tenían un historial de malas muy completo.

El hecho que le hizo a mi abuela poder situarse codo a codo con la Pisuta fue el asunto del gitano.

Un día, al volver de vender pescado, se encontró con un alboroto en el barrio. Había sucedido una desgracia: de la cuadra de la Chuspa había desaparecido el burro, un burro blanco, al mismo que, ya de viejo, yo le hice unos buenos trasquilones al intentar recortarle el pelo del rabo.

Según todas las pesquisas, alguien había visto a un gitano llevar el burro del ramal calleja abajo. A mi abuela solo le hizo falta saber la dirección por la que marchó el gitano con su burro para emprender la marcha tras sus huellas.

Llegó a Torrelavega, unos siete kilómetros, y de ahí continuó la carretera hacia Quijas y luego a Cabezón (algo más de veinte kilómetros). A cada uno que veía preguntaba por el gitano y el burro y muchos le fueron dando cuenta del paradero del ladrón. En Virgen de la Peña se desvió hacia Mazcuerras para continuar hacia Cabuérniga. No había nada que la detuviese ni entraba en razón. Llevaba caminando decenas de kilómetros y había dejado la casa y los hijos, pero estaba segura de que se las iban a arreglar bien.

Cuando se acercaba al puente de Santa Lucía oyó el rebuzno que tan bien conocía de su burro y enseguida lo vio junto a la orilla del río, donde el gitano había decidido descansar y tal vez pasar la noche porque ya empezaba a anochecer.

El infeliz gitano no tuvo tiempo a reaccionar, sentía como a un puñetazo le seguía una patada y luego otro puñetazo y unos buenos palos hasta que el insensato no pudo levantarse del suelo ensangrentado y víctima de una buena somanta de palos, patadas y puñetazos propinados por la temible Chuspa.

Mi abuela se recogió un poco el pelo —siempre llevaba un moño castañeta— estiró su delantal, soltó al burro, lo cogió del ramal y vuelta para casa como si saliera de Sodoma y Gomorra, sin mirar atrás.

Y allí quedó el insensato gitano tirado junto al río, medio muerto y casi sin saber qué le había pasado y quién era esa mala bestia que le había dejado en semejante estado.

Ella misma decía que si la mordía un perro se moría antes el perro que ella. Tenía unas orejas enormes y cuando le preguntaba me decía que a grande oreja señal de bestia.

Vestía siempre de negro, pero algunas veces aparecía de un negro menos lavado, era la ropa un poco más nueva y eso es que iba a comprar a Torrelavega. Me decía: «Acepillo las zapatillas y una que se aviaja».

Al autobús de las doce ya estaba de vuelta y si era a principios del verano, en la época de cerezas, íbamos a buscarla al autobús porque nos compraba cerezas que nos íbamos colgando de las orejas y luego comiéndolas.

Contaba muchas historias. A mí me gustaba mucho estar con ella acurrucados junto a la chimenea, asando castañas en una vieja sartén mientras recordaba momentos de toda su vida.

Cuando en otoño las gallinas estaban empezando a dejar de poner y había que pasar a cuchillo a la que comiera y no pusiera huevos, mi abuela era infalible. Cogía una por una las gallinas, les metía el dedo en el culo y enseguida dictaba libertad o condena a muerte.

El siguiente paso era afilar bien el cuchillo con la pizarra del dalle que estaba en una colodra de cuerno de vaca colgada a la entrada de la cuadra, luego pisaba con un pie las patas de la pobre gallina, con la otra las alas, levantaba su cabeza con la mano izquierda mientras iba desplumando el cuello con la derecha. El siguiente paso es acercar el plato de duralex y corte limpio en el cuello. La sangre comenzaba a caer en el plato al tiempo que la pupila de la gallina se iba cerrando. Cuando ya parecía que habían caído las últimas gotas yo recogía el plato y mi madre venía con un balde de agua caliente donde la gallina acababa escaldada y en un rato sin plumas.

Aún caliente se empezaba a abrir y entonces se descubría si realmente no se había equivocado, era casi siempre pero, a veces, una serie de huevos aún sin casco delataba que la sentencia no había sido justa.

CAPÍTULO 8

LA CARABA

Jamín era vecino de Elvira, la Caraba y estaba acostumbrado a las discusiones que tenía su vecina con su hermana, Pilar. Ambas vivían juntas, aunque se odiaran.

Las dos hermanas compartían una casucha al lado de la iglesia y allí criaban a sus dos hijos ellas solas porque no tenían marido, y esta circunstancia era la artillería perfecta para Pilar en las frecuentes discusiones con Elvira.

Cuando ya no podía más, Pilar estallaba contra la Caraba:

—Puta, más que puta —gritaba.

—Que yo lo hice po pobar. —Era un poco gangosa y además era incapaz de pronunciar las erres—, peo tú po vicio.

Pilar había tenido un hijo de soltera, algo que ya era un escándalo, pero La Caraba lo había tenido tiempo después de enviudar del Carabo, que era como todos llamaban en el pueblo a su marido, y eso sí que dio que hablar mucho y se cruzaban apuestas sobre quién era el padre del hijo de la viuda.

Los dos niños se llevaban muy poco tiempo y eran como dos gotas de agua así que también se especuló mucho sobre la posibilidad de que tuvieran el mismo padre, pero ni una ni otra hablaron nunca de quién las había metido al maizal, que era como se decía cuando alguna había quedado embarazada sin haber pasado por la iglesia.

De todas formas, estábamos en tiempos de la República y había más ganas de meterse al maizal y, si había consecuencias, tampoco era un escándalo como el que supondría unos años después.

La Caraba enviudó sin haber cumplido los treinta y desde ese mismo día nunca se quitó el luto. Como otras viudas del pueblo se ganó la vida con cuatro vacas y la venta de pescado.

Trabajaba de sol a sol y en casa se quedaba a cargo de los niños su hermana Pilar, que cuidaba de los dos con una gran entrega y también se hacía cargo de los de las vecinas que salían al campo o a vender pescado.

Una de las que dejaba a sus hijas con Pilar era su vecina Mima, una mujer grandota que siempre iba en verano con un enorme sombrero a sallar maíz o a dar vuelta a la hierba. Mima se enfadaba mucho con su marido y sus suegros y salía de casa refunfuñando, llamándoles de todo y tan enfadada que, a gritos para que sus vecinos la escucharan, decía que se iba de casa sin comer.

Armada con una rastrilla, su gorro y un botijo de agua escapaba muy digna a hacer las labores del campo sin probar bocado. Cruzaba la carretera que sube a Bárcena y casi siempre iba hacia el Porrinal, unos prados húmedos con arboleda donde había encontrado su guarida porque allí se sentaba bajo unos robles y del gorro y el delantal sacaba pan, huevos cocidos y todo lo que había encontrado en la cocina.

Un día la Caraba volvía de arrollar hierba, con un calor de justicia, era el día de Santiago, 25 de julio, y se encontró con Mima que caminaba con su botijo, al instante le pidió un poco de agua.

Mima empezó a poner pegas, a decir que estaba caliente y a hacerse la loca, pero la Caraba insistió tanto que no le quedó más remedio que soltar el botijo.

La Caraba abrió la boca todo lo que pudo, alzó el botijo y un gran chorro le lleno la garganta. Estaba tan fresco el líquido que bebió y bebió un buen trago. Cuando bajó el botijo le dijo: «Pero si es vino».

Mima, colorada como un tomate simplemente respondió: «Uff, me habré equivocado», sin reconocer en ningún momento su afición al trago. Pero el asunto corrió rápidamente por el pueblo y así pasaron los berrinches de Mima, sus comidas a escondidas y su botijo que llevaba vino en tal de agua a dominio público en todo el Ayuntamiento.

CAPÍTULO 9

LOS HELECHOS PARA EL CHON

Amaneció sin amanecer, una espesa niebla cubría todo y apenas podía verse a unos metros de distancia. La humedad había rotulado las telas de araña que antes apenas eran perceptibles y las gotas caían sin saber de dónde. Cuando entré en la huerta, mi tía estaba ya aparejando a Ramona, una burra de espeso pelo gris que se podía confundir con la niebla de la mañana.

Cogí con ella el carro, cada uno por uno de los largueros y lo colocamos en el sillín, mientras mi tía ajustaba la barriguera, yo coloqué las cadenas del collarín y puse las riendas junto al freno. Entre los dos pusimos la tapa trasera del carro y colocamos la tabla del asiento. Hacíamos cada uno los movimientos sincronizados como si fuera una tarea que realizáramos muchas veces al día. Yo agarré a Ramona de la cabecera y maniobré para dar la vuelta al carro y colocarlo en posición de salida.

Me subí al carro y esperé a que mi tía cargara el dalle —el viejo— y el bieldo. Cuando los dos estábamos sentados y ya con las riendas en mis manos, las moví de arriba abajo y dije: «¡Arre!». Ramona no se dio ninguna prisa, giró a la izquierda salvando las pilas del abono y bajó por la calleja que va a la fuente de Bonío.

Hacía frío y cada poco tiempo tenía que meter las manos en los bolsillos de la vieja pelliza. Durante años siempre me compraron una pelliza como de vaquero de Malboro que, cuando ya estaba muy desgastada, la podía usar para andar todos los días por el pueblo y no solo para ir a misa y los días de fiesta.

Ramona caminaba despacio sin necesidad de que la guiaran con las riendas y eso que no hacíamos hoy uno de sus habituales caminos. Hoy era uno de esos días mágicos que solo pertenecía a mi tía Josefa y a mí, ir a buscar helechos al monte de Requejada para chamuscar el chón, que era la víctima de cada Navidad.

Ya habíamos llegado a la pista de Solvay y detrás íbamos dejando el pueblo que iba apareciendo entre la niebla, primero la Iglesia, que está en el punto más alto y central y luego las casas a derecha e izquierda, hacia el Barco o el Mato.

Había momentos o trabajos que solo eran de mi tía y míos, una pareja irremplazable, incluso cuando pasaron muchos años y yo ya estudiaba en Madrid, mi tía me esperaba para ir a buscar los helechos y matar el chón.

Ramona iba esquivando las pozas, pero no le importaba que nosotros saltáramos en la tabla del asiento cada vez que nos metía en un bache. Poco antes de llegar al puerto de Requejada, girábamos a la derecha y nos metíamos en el lado derecho del monte, el izquierdo en realidad solo era un gran vertedero. Allí buscábamos alguna zona de muchos helechos y mientras mi tía segaba yo los iba cargando en el carro.

El monte me daba algo de respeto y no me movía muy lejos de mi tía; como era una zona muy húmeda podías meterte en una enorme poza y el ruido de las urracas y el resto de los pájaros escondidos entre los eucaliptos y la niebla aún le daba más misterio.

Una vez que teníamos el carro cargado nos subíamos encima de los helechos y emprendíamos el camino de vuelta. Alguna vez, cuando regresábamos, a la altura de la vuelta ostrera, nos deteníamos para ver la entrada o la salida del puerto de uno de los dos únicos barcos que navegaban por la ría, el Cartes o el Mercadal.

Al llegar a casa, esparcíamos bien los helechos junto al pozo para que se secaran bien, muy cerca, se atiborraba a patatas cocidas el condenado a muerte.

CAPÍTULO 10

MÁS TONTO QUE TITA

Nadie en el pueblo sabe ni cuándo ni cómo llegó al pueblo. Un buen día estaba sirviendo en casa de Sefa, la del bar del Cueto y allí se quedó para siempre entre ollas, escobas y lejías. Una vida de criada entregada a sus quehaceres incluso por la noche, cuando todos y, hasta ella misma, dormía, Tita se levantaba sonámbula, cogía dos calderos y se iba hasta la fuente de Pumero, allí llenaba sus calderos y volvía a casa, sin derramar una gota, los dejaba en la cocina y volvía a la cama sin despertarse.

Esa historia nos tenía a los niños del pueblo fascinados. Sabíamos que no había que despertarla si en alguna ocasión nos la encontrábamos en el camino a la fuente de Pumero con sus dos calderos de agua porque, si se despertaba, allí mismo quedaba muerta.

La pobre Tita, además de sonámbula era la tonta del pueblo. Cuando alguien se enfrascaba en una riña aparecía la frase: «eres más tonta que Tita».

La tienda de Sefa estaba junto a la bolera, en el barrio del Cueto. Tenía dos entradas, una desde la misma calle y tenías que bajar unas escaleras hasta una pequeña barra donde Sefa despachaba, o bien por la gran portalada de abajo que daba entrada a la casa de Augusto, un hombre viejo que siempre estaba sentado en un banco de piedra que sobresalía de la casa con sus manos apoyadas en un bastón.

Y allí, en esos pocos metros de corralada, cocina y taberna, creó Tita su mundo. Sus idas y venidas a la Pumero, despierta unas veces y dormida otras eran las únicas veces que se la podía ver fuera de «ca Sefa», como decían las viejas del pueblo.

Sefa era muy buena cocinera y, además de sus ultramarinos y los pocos cafés y blancos que despachaba, a menudo organizaba cenas o comidas para pequeños grupos y allí estaban las tres, Sefa, su hija «la niña» y Tita colocando manteles, poniendo y recogiendo platos, sirviendo guisos.

Cuando me mandaban a algún recado a «ca Sefa», generalmente a buscar tabaco caldo para mi padre o a gastar mi dinero comprando caramelos de leche de burra a perra gorda, me quedaba todo el tiempo que podía por allí viendo trajinar a las tres.

Además de «eres más tonto que Tita», otro dicho del pueblo cuando uno rompe algo era «eres igual que la criada de los Villanueva».

Los Villanueva eran los ricos del pueblo. Vivían en La Casona, una gran casa en el Ventorro que se vino abajo con los años y que se convertiría en feos adosados de primeros del siglo XXI. Uno de los Villanueva murió y, como era costumbre entonces, hicieron el velatorio en casa. Empezó a llegar gente de postín y al servir el café y el chinchón, la criada se ponía más y más nerviosa y dicen que hasta dos vajillas destrozó.

Las últimas Villanueva, Uca y Fanía vivían en el barrio Vía, en una casa de tres pisos, pegada a nuestra casa. Eran las rentistas del pueblo.

Su padre, un avaro de manual que les hacía comer las patatas cocidas para no desperdiciar las mondas al pelarlas, se había hecho con la mayor parte de las propiedades del pueblo al ir prestando a los vecinos que, al no poder devolver el dinero, tenían que entregar sus tierras.

La casa, hoy medio abandonada, tenía una entrada de azulejos de inspiración sevillana y unas escaleras que conducían hacia el piso primero, el principal, un lugar misterioso para los niños que jugábamos en la calle, frente a la casa. Era la casa de las ricas del pueblo y la conocíamos como casa Fanía porque era ella quien cortaba el bacalao. Las dos eran unas solteronas de película de Buñuel, con mantilla negra para ir a misa.

Mi padre las llamaba las golondrinas porque venían en verano, coincidiendo con la llegada de las golondrinas y también se iban como ellas a su piso de Torrelavega. La casa tenía un mirador amplio en la fachada del primer piso y desde ahí veían la vida a tres metros de altura.

Frente a la casa, en la carretera, nosotros, los niños, colocábamos una cuerda y con unas palas de madera, con el tiempo unas raquetas baratas, jugábamos al tenis.

Los mayores azotes eran cuando una pelota perdida se estrellaba contra un cristal de la galería de Fanía y fueron varias ocasiones. Los padres tenían que agachar la cabeza y pagar el destrozo así que la regañina no era para menos.

CAPÍTULO 11

EL VINO Y LOS JAMONES

Por aquel tiempo el vino se compraba en jaulas de seis botellas de vidrio que tenían unas estrellas en el cuello. Tenían un tapón de plástico, por esta razón —creo— para mi padre cualquier vino que tuviera un tapón de corcho, aunque fuera malísimo, ya le parecía el mejor caldo que había.

Hubo un verano que mi madre mandaba sobres y sobres con una serie de tapones a una dirección de correo, yo no sabía muy bien qué era lo que estaba haciendo, pero me insistía mucho en que si veía por la calle algún tapón que se lo diera.

Era fácil encontrar tapones por la calle porque entonces se sacudían los manteles por la ventana, o directamente en la carretera. Tampoco se recogía la basura y se tiraba en cualquier parte, en mi barrio casi siempre en la casa vieja, un solar donde hacía años hubo una casa.

Un día mi abuela me dijo: «Niño, creo que han visto a tu madre venir de la tienda con dos jamones a las espaldas». No sabía mucho a qué se refería con la frase hasta que investigando un poco descubrí que los tapones de vino eran para un concurso en el que rifaban cada día un jamón, que el nombre del ganador o ganadora se anunciaba cada día por la radio y que, efectivamente, esa semana, mi madre había sido agraciada en dos ocasiones con el jamón.

El premio se recogía en la tienda del pueblo, Casa Quina y por eso mi abuela, en lugar de preguntar si a mi madre le había tocado un jamón, dijo con retranca que la habían visto con dos jamones a las espaldas, que era como decir que no le había dado nada.

Mi otra abuela, Fortuna, era otra cosa. Nunca presumió de mala sino, todo lo contrario, era de las buenas buenas. Recuerdo su cocina llena de vapores, de ricos olores, al lado la despensa con fresquera (aún no había llegado la nevera). Con el reloj de pared de la bisabuela que mi abuelo tenía siempre a punto y que, hoy en día, sigue marcando las horas puntualmente.

En el pequeño jardín que rodeaba la casa solo había unos crisantemos en una esquina, el resto eran tomates, repollos, berzas, pimientos, lechugas; un huerto cuidadosamente atendido por mis abuelos porque, según afirmaba Fortuna cuando yo le decía que por qué no tenía flores, «Las flores no van al puchero».

En una ocasión hasta en un tiesto en el balcón salió una flor amarilla muy bonita que llamaba la atención de los vecinos que pasaban junto a la casa. Ella apenas respondía a las alabanzas de la flor y es que, en realidad, era un pepino, y en poco tiempo pasó a ser eso, un pepino.

A veces me quedaba algún fin de semana en su casa. Ella me enseñaba con una canción las capitales europeas, solo puedo recordar una estrofa que decía: «Copenhague bañada por el mar». Algunas tardes venía Anita, de San Román, a coser con mi abuela y allí estaban de palique toda la tarde mientras mi abuelo y yo mirábamos por el antepecho pasar la gente por la carretera. Debajo del antepecho había un panal de abejas que salían y volvían sin nunca picar a nadie.

Cerca del antepecho se levantaban las tablas del suelo y de allí se sacaba la miel.

A Anita le gustaba a media tarde una copita de coñac, a veces dos. Para ella y otras visitas de andar por casa, mi abuela tenía una garrafa de coñac embotellado del Coco —famosa tienda de vino y licores a granel de Torrelavega—. Para mi padre, y otras visitas con más lustre compraba una botella de Terry con su malla dorada.

Las tardes de sábado nos tocaba misa en San Roque, a la que nunca faltaba mi abuela y dos vecinas solteronas, Margot y Sarito. Los domingos era día de partida en casa de la tía Fe. No era tía realmente pero así la llamábamos y, al ser soltera, a veces nos caía algún aguinaldo. Sobre todo, a mi hermano, porque era su madrina.

Fe no solía jugar, nos sentábamos a la mesa cuatro: la abuela Fortuna, Inés, la madre de Fe, una mujer viejísima hermana de uno de los últimos de Filipinas, y Clara, la muda, hermana de Fe.

Jugábamos a la brisca en parejas, a mí siempre me emparejaban con la muda. Clara hacía grandes gestos y se lo tomaba muy en serio, como yo. Nos hacíamos todas las señas: el as era con un ligero movimiento de labios hacia afuera, el tres un guiño, el rey un ligero ladeado de cabeza... Hicimos tan buen equipo que no podían con nosotros las dos viejas y casi siempre las dejábamos sin blanca. Creo que era una peseta a los seis juegos.

En esa cocina de la tía Fe vi en una televisión llena de nieve en blanco y negro la llegada del hombre a la luna, junto a las incrédulas mujeres que decían una y otra vez que no se lo creían que eso no podía ser.

Fe trabajaba en la sección de embalaje de los bombones y ahí se aficionó a empinar el codo. No es que ella entrara en la fábrica con su botella en el bolso, por aquel tiempo, Nestlé introdujo en su producción los bombones rellenos de licor, pero poco le duró ese producto y, no porque no tuviera éxito en el mercado, sino por todo lo contrario, causó sensación entre las empleadas como la tía Fe que envolvían los bombones y los colocaba en sus cajas. No había riesgo de que, de vez en cuando, se llevaran un bombón a la boca porque todas estaban hartas de chocolate, pero si se aficionaron al licor. Mordían el bombón, tiraban el chocolate y se daban un trago de licor. Así uno y otro hasta que turnos enteros salían borrachas como cubas y a la multinacional suiza no le quedó más remedio que eliminar de su cadena de producción los bombones rellenos de licor.

La tía Ción fue la primera que dio la voz de alarma a mi abuela Fortuna, porque cuando Fe y el resto de empleadas salían de la fábrica lo primero que hacían era ir a su bar, justo enfrente de la entrada de la Nestlé, a tomar un buen café cargado con sal para poder seguir en pie.

Fe llevaba un ciclomotor al que había que dar bastantes pedaladas antes de que se pusiera en marcha y muchos días no había manera de arrancarlo a cuenta del relleno de los bombones que se había metido en el cuerpo.

Pero lo peor estaba por llegar a la hora de entrar en casa. Su hermana Clara, la muda, era muy lista y enseguida se daba cuenta del estado en el que llegaba y armaba tremenda bronca.

Detrás de la casa de mi abuela pasaba el tren Ontaneda-Santander. Era muy similar a los que veíamos en las películas del Oeste y si llegabas tarde y arrancaba el tren, era fácil echar una carrera y subirse en marcha.

La tía Ción se subía en La Penilla y el revisor se volvía loco cuando veía a una en un vagón y a otra en otro porque eran iguales y las confundía. Yo nunca las vi tan parecidas.

La tía Ción solía estar despachando en su bar y algún domingo íbamos a hacer una visita y tomar un café y un sol y sombra (mi padre) y yo un kas de naranja. Debía ser por la proximidad de la fábrica que casi siempre volvía con un paquete de monedas de oro de chocolate.

Mi abuelo y casi toda mi familia materna trabajaba en la Nestlé. Nunca me faltaban los tubitos de leche condensada y toda clase de bombones, salvo la caja especial de bombones que la fábrica regalaba todas las Navidades a sus empleados. Tendría sesenta centímetros por treinta y creo que dos capas. Además, al levantar la caja, lo primero que encontrabas era una réplica de un famoso cuadro que se enmarcaba para colocarlo en un lugar del salón.

Nunca, nunca se abrió en casa la de mi abuelo. Yo estaba pendiente cada Navidad, pero fue imposible ablandar y convencer a mi abuela de que nos quedáramos con la caja. Irremediablemente, al día siguiente de llegar la caja, mi abuela se arreglaba, se acercaba a la estación y se dirigía a Santander para entregar la caja a su médico, Leno Valencia.

Solamente vi abrir una y fue porque alguien se la regaló a mi madre, que fue lo único que nunca consiguió de mi abuela, la caja de bombones destinada a Leno Valencia.

El pueblo de mis abuelos y el nuestro estaba a unos treinta kilómetros separados por una sinuosa carretera a través de la cuesta de la montaña y había que hacer alguna difícil conexión en Torrelavega con lo que perdías el día. Mi abuela era la reina del autostop. Paraba al primer coche que encontraba y decía: «¿Me puede llevar a Torrelavega?», cuando lo lograba se dirigía a la carretera de nuestro pueblo y hacía la misma operación.

Llegaba mucho antes que en autobús, pero como era muy legal y justa, siempre insistía en dar al conductor un duro para el café.

CAPÍTULO 12

LA CHURRA

Al final de la tarde, los cuatro llegaron a Ontaneda y allí se plantearon quedarse a dormir en algún sitio. La solidaridad socialista les iba a facilitar un techo y algo que comer a lo largo del camino. En esta primera etapa, justo a la entrada de Ontaneda un paisano que atendía en un prado sus vacas les saludó y enseguida les preguntó si iban a Madrid y si necesitaban algo.

Los tres caminantes, porque Toñuco les había adelantado unos cuantos kilómetros al ir en bicicleta, decidieron aceptar el detalle del camarada ganadero que, muy amablemente, les había ofrecido su ayuda.

El ganadero se acercó a ellos y les estrechó la mano. «Soy Chus», dijo. Tengo cerca de aquí una buena cuadra con un pajar que os puede venir bien para pasar la noche.

Los tres, agradecidos, le siguieron y, al llegar a la cuadra, enseguida se sentaron en un banco de piedra que había en la entrada y se quitaron las alpargatas para descansar sus pies.

Chus les trajo al cabo de un rato pan, unos chorizos y una bota de vino. Poco después, también apareció su mujer con un hatillo que contenía seis enormes sobaos para el viaje.

Era una mujer menuda, rubia, tímida, pero se atrevió a pedirles un favor.

—Mi hermana —les dijo— es maestra aquí en Ontaneda. Siempre ha sido muy rebelde y libre, pero creo que se ha pasado en este caso. Ha pedido sus días de vacaciones y ayer salió sola, también caminando, hacia Madrid. Ella es una socialista convencida, muy feminista y siempre hace lo contrario de lo que le aconsejan.

Es pequeña, menuda, con un pelo rojo muy rizado, por eso, aunque su nombre es Gema, todos le llaman Churra. Os pediría, por favor, que si os encontráis con ella estéis pendientes. Estamos muy preocupados. Pero, no le digáis nada, porque si no es capaz de no haceros caso, tiene un carácter...

La Churra era la menor de cinco hermanos y por ello tuvo la oportunidad de estudiar y hacerse maestra. Desde muy pequeña fue muy independiente, como si fuera de otra familia. No se parecía a ninguno de sus hermanos y, como llegó cuando sus padres estaban ya acercándose a los cincuenta, bromeaban con ella diciendo que era en realidad de una familia de gitanos que había acampado unos días por Ontaneda y que, cuando levantaron el campamento, la habían dejado olvidada.

Sus hermanos reían con la historia, pero a ella le hacía llorar y siempre le pareció una broma demasiado cruel para una niña. Menos mal que cada vez que se lo decían, su madre iba rápidamente a abrazarla y la llenaba de besos diciéndole que sus hermanos eran unos malvados y envidiosos.

Churra pasó la adolescencia en un colegio de monjas en Polanco, interna, y después estudió en Santander y allí vivía con una parienta lejana que en su día salió de las montañas pasiegas para ser criada en Santander con el firme propósito de no regresar jamás a esos prados inclinados, esas frías madrugadas ordeñando y llevando las ollas de leche a lomos de una burra hasta Ontaneda y volver con solo en el estómago un pedazo de pan untado con mantequilla sin poder detenerse ni a mirar las nubes porque había mucho que hacer en la casa.

Después de haber pasado por varias casas sirviendo, Luzbarda, la pasiega, se había quedado, además de soltera, con una portería en la calle Cisneros, muy cerca del mercado de la Esperanza, y allí en una buhardilla pequeña con dos mansardas desde las que, de cuclillas, hasta se podía ver la bahía, acogió a la Churra durante tres años.

Las dos se llevaban bien, ambas eran de pocas palabras y solitarias, así que Churra agradecía que la vieja pasiega no la sermoneara con decencias, noviazgos, ni cosas por el estilo. No hacían mucha vida en común, pero algún domingo que otro Churra, agradecida con su casera, la acompañaba a tomar un chocolate en la cafetería Áliva y a dar un paseo por el muelle.

CAPÍTULO 13

PUEBLERINOS MONTAÑESES

Los cuatro socialistas habían llegado a Polanco, bajado a Posadillo y llegado a Sierrapando y ahora estaban subiendo la cuesta de la montaña que les conduciría a Vargas y allí ya cogerían la carretera hacia Madrid.

Pronto se les iba a acabar la poca comida que llevaban en sus hatillos, pero siempre confiaron en la solidaridad de los camaradas que se encontrarían por el camino o en pasar a cuchillo alguna gallina despistada.

Iban a buena marcha, estaban muy acostumbrados a gastar suelas. Toñuco les había adelantado y ya pedaleaba mucho antes que ellos en compañía de otros dos camaradas de Torrelavega, Luis Arco y Castillo, tío del guardia civil que se haría un nombre en la comarca en los años cincuenta, Pepe el Hijoputa.

Jamín durmió mal aquella primera noche fuera de casa, a pesar de que el pajar era cómodo, y allí acostado junto a Velar y Castillo —el Locho se dio la vuelta en la cuesta de La Montaña porque su mujer estaba muy embarazada y le dio cargo de conciencia—, ni había pasado frío. Casi al amanecer ya estaban los tres en pie, aunque esperaron un poco a que el ganadero ordeñara la primera vaca para beber unos grandes vasos de leche.

Los tres se despidieron de Chus y de su mujer, muy agradecidos por su generosa ayuda, y sin haber dado las ocho ya estaban en la carretera general en dirección a Alceda.

Empezaba a levantarse un fuerte viento sur que les daba en la cara, pero, a pesar de ello, avanzaban a buen paso. Nunca habían estado en Madrid, solo unas pocas veces en Santander. Eran unos pueblerinos montañeses que por primera vez iban a ver a miles de personas de otras provincias, iban a subir a un tranvía en la capital, a ver y pisar una gran ciudad, la capital. Aunque no lo comentaban, estaban un poco asustados, pero podía más la ilusión, la aventura, el momento de escuchar a Azaña, de vivir una concentración histórica de izquierdistas republicanos en el campo de Comillas.

Castillo apuraba el paso, siempre iba abriendo camino, le costaba adaptarse al paso de Jamín y de Velar, que llevaban un ritmo algo más moderado. Le gustaba ir en cabeza, ser el primero en ver los mojones que anunciaban los kilómetros recorridos o que aún faltaban por caminar, saludar a la poca gente que se encontraba por el camino real, observar cómo las mujeres de las casas cercanas a la carretera hacían las labores diarias.

Castillo era pintor de mantenimiento en Solvay, una empresa química belga que se instaló en Barreda en plena Primera Guerra Mundial. Vivía en una casa pequeña en Sierrapando, junto a Torrelavega y era un socialista combativo y convencido, pero siempre de buen humor y trato y, entre sus muchos amigos, había de derechas e izquierdas. Uno de sus enemigos políticos era don Vidal, el cura de Polanco, pero era su compañero de cartas en la taberna, cuando muchas tardes jugaban a la flor.

Iba unos cuatrocientos metros por delante de Velar y de Jamín cuando, al doblar una curva se encontró junto a la señal de San Miguel de Luena a Toñuco Butano, allí estaba maniobrando su bicicleta de radios de madera que parecía que le había dado problemas.

—Hombre, Toñuco, te hemos dado alcance. ¿Algún problema con la bicicleta?

—Sí, coño. Al intentar sortear un bache he pegado un giro brusco, me he caído y, aunque no me he hecho nada, se me ha roto la cadena, aunque parece que puedo arreglarla.

Castillo y Toñuco se sentaron dejando a un lado la bicicleta y enseguida aparecieron Jamín y Velar.

Jamín bromeó por haberle dado alcance en la segunda etapa, como hacía ya tres horas que habían salido decidieron tomar algo juntos antes de emprender los diez kilómetros de subida del Escudo, el puerto que les pondría en Burgos.

CAPÍTULO 14

VELAR Y LA JAMINA

Velar había comenzado a subir el Escudo el primero, a buen paso, sin mirar atrás, ni a los lados ni a nada, solamente su mirada iba perdida y su cabeza solo recordaba el enfado de su mujer antes de salir de casa; y razón no le faltaba para no querer darle ni un beso, ni siquiera mirar cómo se iba alejando por la recta de Cudón.

Tenía una merecida fama de faldero en el pueblo, incluso en el Ayuntamiento, y era de los que ave que vuela a la cazuela. Hacía mucho su apostura, sus ojos profundamente negros y algo especial que hacía que solteras, viudas y casadas fueran presa fácil.

Una de sus últimas conquistas era la conocida como la Jamina, una joven viuda con fama de guapa, pero mala como un dolor. Vivía en Bárcena, a solo un par de kilómetros de su casa, así que podía escaparse con cualquier pretexto.

El día antes de partir hacia Madrid quiso despedirse de ella y así lo hizo, lo que no sabía es que su mujer, Remedios, ya muy escarmentada, les iba a pillar en la cama. Cuando Pepe Velar le puso una excusa de que esa tarde tenía que quedarse en el Ayuntamiento, Remedios no se lo creyó, cogió un buzo de trabajo de Pepe y un gorro y sigilosamente se acercó hasta casa de la Jamina esa tarde. El atuendo era porque la casa de la Jamina está en un alto y desde ella se ve a todo el que se acerca así que Remedios pensó que, vestida de hombre, iba a pasar desapercibida y, así fue.

Después de comer se vistió y salió de casa por la mies de encima hasta empezar la subida a Bárcena por los prados. Cuando localizó un punto discreto desde el que se podía ver a todo el que entrara en la casa, se quedó tranquilamente en busca de su presa. No tardó mucho en llegar su marido en la bicicleta, la apoyó junto a la puerta de la cuadra y entró a la casa de la Jamina sin ni siquiera mirar a su alrededor.

Remedios se fue acercando envalentonada por la rabia y desde una de las ventanas vio la escena que nunca le hubiese gustado ver, pero no quiso montar un escándalo, se tragó el orgullo y bajó de nuevo a casa.

Cuando ya entrada la noche llegó el bueno del alcalde a su casa, sus tres hijos estaban acostados y Remedios repasaba unos calcetines con su huevo de madera. Al verle entrar, dejó su labor, echó en una sartén unos torreznos y cuando estaban bien fritos los pasó a un plato que casi le tira a la cara en lugar de pasarlo en la mesa.

Hubo un largo silencio y Remedios se marchó a la cama sin decir nada. Velar no se atrevió ni a rozarla porque sabía que la rubia no estaba para tonterías y podía soltarle un manotazo a la cara con más fuerza que el toro que estaba amarrado en la cuadra.

Muy temprano, cuando se levantó para partir hacia Madrid, Remedios ya le había preparado un buen tazón de café con leche y unas rebanadas de pan con mantequilla. También le hizo hatillo con unos chorizos y una tortilla y le despidió con una mirada asesina, pero con un: «Cuídate mucho y vuelve pronto. Tus hijos y yo te necesitamos».

Seguía caminando a buen paso, subiendo los diez kilómetros que separan San Miguel de Luna de la cumbre. Solo pensaba en la mirada de Remedios, no sabía cómo, pero estaba claro que se había enterado de su visita la tarde anterior a la Jamina.

CAPÍTULO 15

EL ENCUENTRO

Gema, la Churra, había llegado a Cabañas de Virtus en solitario, unos kilómetros más atrás, Jamín, Pepe Velar y Castillo habían coronado el Escudo y dejaban La Montaña, para descender hacia Burgos. Los tres camaradas iban de buen humor, hablaban de política, de la lucha de clases y del mitin de Azaña en Madrid que congregaría a la mayor concentración de gente de la historia de España en el campo de Comillas, junto al Manzanares.

A la derecha de la carretera, cientos de caballos semisalvajes pastaban en una gran llanura y a la izquierda un mojón indicaba la dirección a Soria. Cruzaron un paso a nivel del ferrocarril de La Robla y, al entrar al pueblo, un olor a pan recién hecho los condujo directamente a la panadería, donde grandes hogazas salían del horno de leña.

En la entrada de la panadería, sentada junto a un banco de piedra estaba una mujer menuda, pecosa, de cabellos rojos ensortijados. A su lado tenía una mochila, una vara de avellano, un libro en una mano y una rebanada de pan en la otra. Se hallaba tan metida en la lectura que ni siquiera se percató de la llegada de los tres hombres.

Jamín se adelantó y le dijo:

—¿A que tú eres Gema, aunque todos te llaman Churra?

La Churra levantó la mirada con cara de sorprendida y hasta asustada. No podía pensar que nadie pudiera conocerla en un pequeño pueblo del norte de Burgos.

Las sonrisas de los tres hombres le hicieron perder el miedo y tímidamente contestó que sí, que era la Churra.

Enseguida Jamín se adelantó y empezó a contarle que se habían quedado en Ontaneda en casa de su hermana y que les había pedido que si se encontraban con ella que miraran por ella.

—Tu hermana se quedó preocupada, pero ya nos dijo que eras muy independiente y que sabías muy bien cuidar de ti misma —le dijo Velar.

La Churra empezó a salir de su asombro y les devolvió una sonrisa, que en un instante se convirtió en una carcajada.

—O sea, que mi hermana y mi cuñado me han enviado a tres escoltas —respondió entre risas.

Jamín y Velar soltaron sus hatillos y buscaron un asiento cerca de la Churra mientras Castillo entraba a la panadería a por unas hogazas. Churra dejó el libro y se movió para dejar sitio a sus repentinos guardaespaldas.

En otro momento hasta se habría molestado por interrumpir de esta forma su lectura, pero ese viaje que no dejaba de ser una aventura, la camaradería de los compañeros socialistas y esa sensación de libertad que estaba viviendo desde que salió de Ontaneda parecía que habían transformado su carácter seco y hasta huraño.

A la animada charla se le sumó pronto Toñín el panadero y molinero del pueblo, que no quiso cobrarles el pan y que sacó una garrafa de vino y unos chorizos para ayudar a pasar el pan. Y, como no era nada corriente tener por las calles del pueblo visitantes y, mucho menos a pie, enseguida se corrió la voz y pronto se formó un corrillo de simpatizantes socialistas que los animaban.

El panadero molinero era socialista y también el alcalde pedáneo y como el siguiente pueblo cercano a la carretera estaba a una jornada larga de camino, los animó a quedarse en el pueblo hasta el día siguiente. Podían acondicionar unas camas en las escuelas y descansarían bien para salir bien temprano hacia Burgos.

Los viajeros aceptaron la propuesta, aunque Angelines, la molinera (por ser la mujer del molinero) dijo que la mujer no podía quedarse en las escuelas sola con tres «hombrones» y rotunda ordenó que durmiera en su casa. Con la molinera no había debate, lo sabían en el pueblo y los viajeros lo aceptaron sin ni siquiera mirarse.

A pesar de tener un marido socialista, algo que para ella era una desgracia, Angelines la molinera era la sacristana. Limpiaba la iglesia, ponía flores, lavaba y cosía lo que precisara don Rufino, el párroco, y no se le escapaba una perra gorda cuando pasaba la cesta los domingos en misa. Una mujer como es debido, así era Angelines, la molinera.

Esa noche Jamín se acostó en el pajar, cerró los ojos y empezó a recordar su infancia en Miera, sus caminatas por el monte con las cabras, la subida a las Peñas para ver las manadas de caballos salvajes, tumbarse en los prados mirando a las nubes y los buitres, o acercarse siempre a las rocas en busca de alguna cueva, que era lo que más le atraía.

No sabía si aún despierto o ya dormido, se encontró con una pierna metida por completo en la nieve, debió de pillar algún agujero en el terreno. Estaba en un páramo nevado, cerca de los Pozos de Noja, era mediados de enero y debía tener diez años. Él, su hermana y su hermano habían salido de casa en busca de una yegua que se había escapado, la nieve cubría todo y, al cabo de un rato decidieron separarse, pero no demasiado para poder escuchar el grito de quien la avistara el primero.

Y allí, solo, en mitad de unas lomas de pastos cubiertos por la nieve, Jamín comenzó a tirar hacia arriba de su pierna, encajonada en algún agujero y tapada por la nieve. Muerto de frío no acertó ni a llamar a sus hermanos. Al fin pudo sacar su pierna, pero dentro se quedó su zapatilla y así, con un pie descalzo, casi congelado, echó a correr a casa sin ni siquiera acordarse de la yegua fugada y de sus hermanos.

Durante algún tiempo intentó volver por el punto donde perdió la zapatilla, incluso guardó la otra con la esperanza de encontrarla, pero, a pesar de pasar muy a menudo cerca, cuando en verano iban a bañarse a las pozas, nunca la encontró.

CAPÍTULO 16

LAS GUARIZAS

Al día siguiente se dirigirían temprano a Covanera, aunque dependiendo de las ganas y de su condición física podrían llegar hasta Tubilla del agua.

Cuando hacia las ocho, Angelines les trajo café con leche y pan a las escuelas, mucho más por caridad cristiana que por camaradería socialista, hacía más de una hora que las Churra había emprendido en solitario el camino.

Ya subía por el puerto de Carrales, las primeras luces del día reflejaban en los tonos amarillos y rojizos del hermoso hayedo atravesado por la carretera. Hacía frío y un ligero viento movía las hojas, la Churra iba subiendo a buen paso hincando con fuerza su vara de avellano contra el suelo y mirando a ambos lados contemplando el maravilloso bosque.

Dejó a su izquierda una señal que indicaba Bezana y echó una última mirada atrás, hacia la llanura que llevaba a Cabañas, antes de adentrarse completamente en el hayedo.

La Churra era un animal más del bosque. No había nada que le pudiera gustar más, y allí es donde realmente se sentía en su salsa. De pequeña fue en varias ocasiones con su abuela a visitar a la tía Marina, una vieja tía de su abuela que vivía sola en una pequeña cabaña y tejado de losas de piedra en el bosque de las Guarizas, en el valle de Miera.

La tía Marina era para ella como una bruja buena del bosque, hacía años que no salía de entre los árboles, allí encontraba todas las cortezas, plantas, hierbas y flores para todos sus remedios. Tenía unas gallinas, un par de cabras y un gran corazón para ayudar a todos los vecinos que se acercaban en busca de algún remedio. Era todo lo que necesitaba para vivir y ser feliz.

En algunas ocasiones, en los largos días de verano, su abuela le había dejado pasar unos días con la vieja Marina y la niña disfrutaba a lo grande recorriendo con la anciana cada milímetro del bosque. A estos paseos se les sumaban las dos cabras que seguían como perros a la vieja hada allá donde fuese.

Después de horas de recorrer senderos, grutas y prados, la vieja, la niña y las dos cabras (Juanita y Matea) subían agotadas una empinada ladera donde colgaba la cabaña entre árboles, helechos y musgos, sin apenas ser tocada por un rayo de sol. Lo primero que hacía la vieja hada era encender el fuego. Y, después de preparar algo de comer, llegaba el momento más interesante, empezar a preparar pócimas, cremas y brebajes para todo tipo de utilidades.

Allí, junto al fuego y removiendo sus cazuelas comenzaba a caer la noche y empezaban las historias protagonizadas en su mayoría por los animales del bosque o algunos vecinos del pueblo. El niño que se cayó en la gruta, la lista y malvada zorra que no dejaba una gallina, le lechuza que desafió al águila, cada día era una historia que dejaba a la Churra con los ojos como platos.

La niña Churra estaba encantada y feliz cada vez que su abuela le decía que si quería ir a visitar a la tía Marina.

Recorrer los senderos de piedra, saltar los arroyos, subir y bajar los prados era toda una aventura. Pero, al llegar al bosque de las Guarizas era como si su corazón se agrandara y no la dejara respirar, era como atravesar las nubes de tormenta hasta llegar a la cabaña de la tía, ese lugar mágico donde siempre estaba la lumbre encendida y donde de las ollas salían vapores de ortiga, hierba luisa, sauco, eucalipto, salvia, cortezas, hierbas, flores... todo lo que tan bien conocía la vieja hada de las Guarizas.

El primero en recibir a las visitantes era Sebastián, un gato negro y blanco con cabeza bien gorda que acompañaba siempre a la vieja bruja cada vez que salía de casa en busca de su materia prima para fabricar sus pócimas y ungüentos. Era el guardián del bosque que salía a recibir a las visitas y les marcaba el sendero hasta llegar a la casa.

Un día apareció a por un remedio para la artrosis Severiana, una vecina de Solana, muy cerca del bosque de la tía Marina.

Todos en el pueblo llamaban a Severiana, «la Gallina clueca».

La buena de Severiana tenía una gallina gorita (clueca) empollando doce huevos, ella estaba muy contenta vigilando y mimando a cada momento a su gallina y disfrutaba mucho esperando que nacieran sus pollitos.

La tragedia vino cuando un día, de repente, la gallina, aburrida de empollar a sus doce huevos, se levantó del nido sin sacar ni un solo pollo y no hubo manera de hacerla entrar en razón y que volviera a sentarse sobre sus huevos. Entonces, Severiana cogió tal disgusto que no se le ocurrió otra cosa que sustituir ella misma a la gallina.

Con sumo cuidado cogió los huevos, los metió en la cama y se acostó con los huevos sin moverse de la cama hasta que cinco días después logró sacar ocho de los doce huevos.

Cinco días con sus cinco noches estuvo Severiana en la cama, casi sin moverse empollando los huevos. Su marido, Pepe, se encargó de que no le faltase ni agua ni comida y hasta le acercaba un orinal cuanto tenía alguna necesidad para que apenas se moviese de los huevos.

Y así fue como sacó ocho pollos que, claro está, la seguían a todas partes. Durante meses nadie vio a Severiana separada de sus polluelos. Estaba tan orgullosa de su hazaña que no tuvo reparos en contarlo a todo el que pasaba frente a su casa y así fue como todo el pueblo comenzó a llamarla Severiana, la Gallina clueca.

A ella le daba igual que sus vecinas se partieran de risa y comentasen durante meses su maternidad como gallina.

En las escuelas, apuraban el café mientras se preguntaban que por qué Churra había salido sola, sin esperarles, aunque con la esperanza de darle alcance pronto. Unas vecinas se acercaron a llevarles algunos víveres de la matanza para el camino y unas castañas. Agradecieron a todos su ayuda y emprendieron camino.

CAPÍTULO 17

MISA DE ONCE CON DON PEDRO

Los domingos tocaba baño en el fregadero, todos los hermanos uno a uno y en la misma agua, luego a vestirse con las mejores ropas para ir a misa de once, donde no fallaba ni un niño. Don Pedro, el cura, era muy convincente y además, se llevaba muy bien con todos los niños del pueblo. Con frecuencia se le veía con su Land Rover cargado de chiquillos.

Después de misa nos daban un duro para comprar en casa de la Colasa, que llevaba toda una vida viviendo y regentando un bar con su marido, Luis el Colaso, y nunca se hablaron. En una ocasión la Colasa se quedó embarazada y aseguraba, juraba y perjuraba que a ella se lo habían dado en una pastilla porque Luis ni la había tocado.

El bar del Colaso estaba justo al borde de la carretera, el camino Real como lo llamaba mi abuela, y todos los domingos venía a misa un matrimonio muy mayor que se paraba muy prudente al borde de la carretera, miraba bien a uno y otro lado y unas veces, la mujer, Delfa, decía antes de cruzar: «Ahora o nunca, Ginio». Otras era Ginio el que alzaba primero la voz: «Ahora o nunca, Delfa». A mí me gustaba verles cada domingo hacer lo mismo antes de cruzar la carretera que separa el bar del Colaso y el de Machaco.

Teníamos un duro para gastar, con suerte, pero nos daba para mucho. Lo primero era un vaso de sifón, dos reales, luego caramelos de leche de burra, diez por una peseta, dos buenas bolsas de pipas Facundo y unos chicles Bazooka. Todavía nos sobraba algo para gastar entre semana.

Con el tiempo, el vaso de sifón lo fuimos cambiando por un refresco en el bar el Vielyo, pero nunca perdonamos lo que mi padre llamaba tomar las once.

La misa era el lugar perfecto para estrenar ropa, todos en el pueblo se lucían al entrar o salir de la iglesia. Había días señalados que eran de estreno sí o sí, Domingo de Ramos, imprescindible. Cada niño, joven o señora (los hombres iban mucho menos a la iglesia) llevaba una rama de laurel y aprovechaba para estrenar temporada de primavera verano. Otros días de imprescindible lucimiento eran San Esteban, el patrón del pueblo; el Carmen, fiesta en Suances, pero también muy celebrada en el barrio del Barco, donde vivían dos grandes familias de pescadores, y Todos los Santos, que era el gran momento para mostrar la temporada otoño invierno.

En una ocasión estábamos todos alrededor de la tumba de mi abuelo y hacía un calor de desmayarse, a pesar de estar en el 1 de noviembre. Mi prima Cuquita estrenaba un jersey de cuello alto y un chaquetón y estaba roja como un pavo, nadie decía nada, pero todos conteníamos la risa, pues ella, muy digna dijo: «Hará calor, pero yo tengo frío».

A misa subíamos en dirección al Cueto, por debajo del puente, frente a la casa de Pedro Turón, la viuda, Merche, la cuesta de la bolera, rodeábamos la casa del cura, pasábamos por las casas de Dulia, la Patricia y Jamín y subíamos unas escaleras junto a la casa de Matilde la Pedalita.

A la vuelta, o bien bajábamos por la pista de Solvay para no andar por la carretera general o, después de unos metros por la carretera entre el bar del Colaso, al baruco y el Vielyo, cogíamos la calleja de Rosa la Negra y la cueva que nos conducía de nuevo al barrio Vía.

Mi madre, que como era modista y con cualquier retal se hacía algo nuevo, también iba mucho a lucir nuevo vestuario, no sin antes haber pasado por la peluquería de Mariángeles a hacerse un moño bien alto. Ella atajaba por la casa de Loina, entraba en la corralada, subía las escaleras que dan a la primera planta y salía por la puerta de atrás de la huerta que ya te llevaba a mitad de la pista.

Loina era pariente y mejor amiga de mi abuela, solo se sacaban unos días y quedaban siempre para ir a Torrelavega y, en alguna ocasión, a Santander. Iban siempre de negro, bata, delantal, zapatillas y pañuelo, que para eso eran viudas.

Tenían igual hasta su único adorno, unos pendientes de oro que eran como una media luna —mi madre también tenía unos iguales— y nunca se los quitaban ni cambiaban.

Loina tenía una casa montañesa grande y buena. Estaba rodeada de una tapia bien alta, a derecha de la entrada a la corralada estaba una pequeña casa donde vivían Rosa, su hija y Paco, su yerno. Al lado había un pozo. Como el terreno tenía desnivel, abajo había una gran solana, la cuadra y las escaleras que daban al piso principal, donde estaba una cocina grande, las habitaciones y una gran balconada, entonces el salón solo era un sitio de paso. Cuando salías a la huerta, por la puerta de atrás, dabas a unos perales viejos y altos y a un enorme castaño.

Mi abuela siempre decía que Loina había conseguido la casa gracias a una argucia. Ella y su hermana Vicenta se habían prestado a cuidar a un viejo sin herederos que era el dueño de la casa. Cuando se acercaban los últimos días del viejo, llamaron a un notario. En la habitación del moribundo, el notario fue enumerando los bienes y le preguntaba si este prado, casa o lo que fuese eran para Vicenta, y las dos hermanas reclinadas junto al casi ya cadáver, le iban moviendo la cabeza en señal afirmativa, pasaban al siguiente bien y le preguntaba el notario que si era para Loina y volvían a moverle la cabeza.

De esta forma se hicieron con todas las posesiones y hasta inmortalizaron el dicho: «pa Vicenta, pa Loina».

Mi abuela la Chuspa presumía de mala, pero recuerdo alguna más en esta honorable lista. Casi todos los días, cuando mi padre volvía de trabajar y estaba a punto de empezar a ordeñar, me daba unos duros y me mandaba a casa Machaco (ca Machaco, que decía mi abuela) a comprar tabaco caldo.

Había dos rutas, una por la pista de Solvay subiendo el puente, cruzando la huerta de Loina hasta llegar a la casa de Luis «el Colaso» y cruzar el camino real, la otra era por la calleja que sube por la Cueva de Martina hasta salir a la carretera y pasar por delante de Rosa «la Negra», una vieja que como el resto de las viejas del pueblo vestía luto riguroso y me producía temor así que siempre que pasaba delante de su casa iba a la carrera.

No sé si era tan mala como mi abuela, pero, a pesar de que vendía pipas y chucherías para los niños en el cine, ya solo su nombre, Rosa la Negra, imponía respeto. Y, por si no pasaba suficiente miedo cuando tenía que ir casi de noche por la calleja de la cueva junto a la casa de Rosa la Negra, yo mismo me ponía aún más retos.

La calleja era estrecha y apenas pasaba una persona entre zarzas y laureles, el suelo era de piedra muy irregular y desde mi casa, en el barrio Vía, hasta la carretera general había una cuesta que subíamos cuatro o cinco veces al día porque era el camino de la escuela, así que la conocíamos de memoria. Por ese motivo yo me proponía muchas veces el reto de bajar la calleja a ojos ciegas.

Estiraba los brazos y daba manotazos a izquierda y derecha sabiendo que a un lado estaba la cueva y al otro la casa de Rosa la Negra y después un oscuro y cerrado camino. Muchas veces llegué con unos buenos arañazos o golpes por alguna caída, pero también otras, lograba la hazaña.

Por si pasaba poco miedo, mi padre me contaba que en una ocasión un vecino subió de noche por la calleja y notó que alguien le agarraba del hombro. El hombre, aterrorizado, le suplicó que por favor le soltara, pero no obtuvo respuesta. De esta forma, inmovilizado estuvo durante horas hasta que amaneció y vio que solo era una zarza que se había enganchado en su hombro.

CAPÍTULO 18

EL DIABLO EN UN DODGE DART

Esa mañana mi madre había ido a la peluquería a hacerse ese moño alto «arriba España» que muchas mujeres lucían a finales de los sesenta. Era extraño porque salvo que fuese alguna fiesta importante no iba a la peluquería de Mariángeles y menos entre semana. Después de comer mis hermanos, mis primos y yo volvíamos a la escuela, pero esa tarde me dijo que yo no, que la iba a acompañar a Santander.

A las dos y diez cogimos el autobús que va a Torrelavega en la parada del Rojo y nos bajamos en Mar, de ahí fuimos caminando hacia la estación y en menos de un cuarto de hora llegó el tren a Santander.

De nuevo mi madre me insistió en que si me preguntaba el revisor los años que tenía, yo debía decir cuatro, incluso que lo señalara con los dedos de una mano. Yo no entendía por qué insistía tanto mi madre porque ya era yo capaz de responder a una pregunta tan sencilla sin hacer gestos de niño pequeño.

Nos sentamos en la ventanilla, como a mí me gustaba y cuando estábamos llagando al apeadero de Gornazo el revisor llegó pidiendo los billetes.

—¿Cuántos años tiene el niño?

—Cuatro —contestó mi madre sin pestañear. El revisor picó el billete de mi madre, yo no pagaba por ser menor de cuatro años, y, cuando ya se iba porque el tren se estaba deteniendo, no se me ocurre otra cosa que decir:

—Señor picabilletes, mi madre me ha dicho que le diga que tengo cuatro años, pero voy a hacer siete.

Al señor picabilletes le hizo gracia, soltó una carcajada y se bajó del tren para dar la salida un par de minutos después. Pero mi madre me soltó un buen azote y hasta la estación de Mogro no dijo ni una palabra.

En Mogro me cambié de ventanilla para ver al jefe de estación tan bien uniformado dar salida al tren con un potente pitido.

Al llegar a Santander mi madre me cogió fuerte de la mano y con paso ligero, a pesar de sus altos tacones, nos dirigimos hacia la parada de un autobús que nos llevaría hasta el Sardinero. Una vez allí, entramos en la cafetería del Rhin y enseguida una señora muy guapa, elegante, con el pelo cardado y con un cigarrillo en la mano nos hizo señales.

Mi madre me soltó para esquivar a un camarero y se acercó a ella con una gran sonrisa. Cuando las dos estaban abrazadas se dio cuenta que yo estaba allí, a su lado.

—Es una amiga mía y hace mucho que no nos vemos —me dijo mi madre sin darme más detalles. Seguramente, por si luego lo cantaba todo a mi padre tal y como hice con el revisor.

Hasta doce años después, cuando empecé a estudiar en la Universidad en Madrid no volví a ver a esa elegante, simpática y habladora señora que, en realidad, era prima de mi madre y amiga íntima de la juventud.

Era Cuca Castillo, hermana pequeña de Castillo, uno de los acompañantes de Jamin en su caminata para asistir a mitin de

Azaña. Solo pronunciar su nombre estaba prohibido en mi casa, de eso me enteraría cuando volví a verla en su casa de Madrid.

Mi madre en su juventud se quedaba en su casa en Torrelavega porque era difícil viajar en aquellos tiempos en autobús desde Castañeda. Cuando salían a alguna fiesta iban bien escoltadas por la madre de Cuca, doña Pura, pero eso no quitaba que, siendo las dos muy guapas, tuvieran mucho éxito, algo que no estaba bien visto cuando mi madre y mi padre se hicieron novios, por eso no se volvió a hablar en mi casa de la tita Cuca, como la llamábamos mucho años después.

Cuca, una mujer guapísima, se había colocado de acomodadora en el cine Avenida de Torrelavega y allí se hizo muy popular. Uno de los hombres más ricos del pueblo, don Calixto, se enamoró de ella en cuanto la vio y Cuca, a pesar de que era un hombre feo y mucho mayor, se dejó caer en sus brazos, porque su dinero pesaba más que la juventud y la belleza.

Enseguida se empezó a levantar un gran escándalo en el pueblo. Primero, porque la guapa Cuca se había liado con un viejo y segundo, porque las hermanas solteronas del rico don Calixto no consentían que su hermano hubiera perdido la cabeza por una acomodadora de cine de dudosa reputación.

El asunto fue a más cuando Cuca se quedó embarazada y don Calixto, presionado y manipulado desde joven por sus hermanas, no se atrevió a dar el paso de formalizar por la iglesia la relación con su amada.

Pero Cuca no era de esa clase de mujeres que, en esos tiempos, se hubiese encerrado en casa a purgar su pecado de por vida. Mi madre decía que una frase de Cuca era: «me lleva el diablo, pero en coche».

A pesar de que no logró casarse, hizo que reconociera a la niña y, como no quería ser la comidilla del pueblo y no ya

Torrelavega, sino Santander también se le quedaba pequeño, hizo que don Calixto le pusiera un piso en el barrio de Salamanca de Madrid para vivir con su madre y su hija como una señora.

Y así fue como Cuca, pasó de la linterna y los pasillos del cine Avenida a ser una mantenida con posibles en Madrid y a dejar el nombre de Cuca por el de doña Marisa.

Allí, en la capital no desaprovechó el tiempo y salió de restaurantes y de fiesta como si fuera una estrella de cine.

En una ocasión que acudió con don Calixto a la fiesta de Nochevieja del hotel Palace en 1954, coincidió en la mesa con un rico empresario alemán con una trágica historia porque era judío y solo él y su madre sobrevivieron a la Alemania nazi.

Gunter, que así se llamaba el alemán, apenas hablaba castellano y Cuca ni una palabra de otro idioma que no fuese el español, pero esa noche hubo miradas encendidas entre ellos.

Al día siguiente, don Calixto, de nuevo presionado por sus hermanas, tuvo que volver a Torrelavega a resolver unos negocios familiares. El empresario alemán envió a Cuca un bonito ramo de flores con una tarjeta. «Te espero esta noche para cenar en Chicote, paso a recogerte a las ocho».

Esa noche, ni las dos siguientes, Cuca volvió a casa. Cuando lo hizo puso una conferencia a su amante para que se presentara de inmediato en Madrid. Don Calixto, alarmado, cogió el primer tren correo para la capital.

Cuando llegó a casa, Cuca no se anduvo por las ramas. Le contó su aventura con el empresario alemán y le dio un ultimátum:

—O te casas conmigo ya, o me caso con el alemán.

Don Calixto no podía articular palabra, pidió un vaso de agua, dejó un sobre con dinero en una mesa, volvió a recoger su maleta y salió en silencio por la puerta. Se subió al ascensor y le dijo al portero que le buscara un taxi para un largo viaje, a Torrelavega.

Pasaron cinco días y Cuca no tuvo noticias. Doña Pura estaba cada vez más nerviosa, aunque confiaba mucho en su hija, no quería perder la oportunidad de vivir como señoras y tener que volver al pueblo más deshonradas que cuando salieron. Al sexto día, don Calixto recibió un telegrama: «Viajo con Gunter Hamburgo en tres días casados».

Calixto soltó el telegrama que le empezaba a quemar entre los dedos, se acercó a la puerta de su despacho, cerró por dentro, cogió su escopeta de caza y el sonido de un disparo se escuchó en buena parte de la calle Mártires.

A pesar del suceso, Cuca siguió adelante con su plan. Tres días después era la señora Feldmann, vivía buena parte de su tiempo en hoteles de cinco estrellas, como le gustaba a Gunter, y disfrutaba de joyas, lujos, restaurantes y cabarés por toda Europa.

Nunca regresó a Torrelavega, pero con los años volvió a Santander, esa, en la que se vio con mi madre, fue la primera. Le gustaba viajar sola, llegar al hotel Real conduciendo su Dodge Dart a toda velocidad y fumando sin parar. Como siempre dijo, le había llevado el diablo, pero en coche.

CAPÍTULO 19

DESERTORES DE LA GUERRA CARLISTA

Cuando Jamín se acercaba a Vivar del Cid, ya casi al anochecer, vio un viejo molino casi en ruinas a la orilla del Ubierna y se acordó de la historia que siempre contaba su tío Vidal, el hermanastro mayor de su padre.

Vidal y Genaro, un vecino de Luena, estaban destinados durante la última Guerra Carlista en un cuartel de Aranjuez y decidieron desertar y volver andando a casa.

Al principio iniciaron la caminata por la noche para no ser descubiertos, pero veían que se perdían y no daban con la dirección correcta, así que el tío Vidal decidió tomar el mando y le dijo a Genaro que si les sorprendía alguna patrulla que no dijese ni una sola palabra.

Lo primero que necesitaron es deshacerse de los uniformes y pedir prestada ropa vieja de campo en alguna venta o pueblo por el que pasaran. Consiguieron que un pastor que encontraron en la sierra de Madrid les dejase poco menos que unos harapos, pero que les sirvieron para enterrar los uniformes.

Otro de los trucos de huida que se le ocurrieron a Vidal fue cojear durante todo el camino y decir, si eran sorprendidos que tenía una gran herida en la pierna. Además, Genaro debía babear y poner cara de atontado.

Fueron caminando hasta el norte y en ocho días llegaron a Vivar del Cid, ahí pasaron la noche en un molino y, a la mañana siguiente, pidieron a unos vecinos que si les podían dejar unas guadañas ya casi inservibles, porque les habían avisado de patrullas que iban hacia la montaña a través de Villarcayo.

Apenas habían avanzado un par de kilómetros y unos uniformados les dieron el alto.

—¿Dónde van ustedes?

—A segar a una peña ahí arriba para que seque y luego bajar la hierba a las vacas.

—Y ¿qué hacen dos hombres jóvenes que no están en el Ejército?

—¿En el Ejército nosotros? Yo tengo una pierna destrozada, ¿quiere que se la enseñe? Lo más probable es que tengan que cortármela.

—No —contestó el militar al mando—. No tengo ganas de ver más calamidades. Y este... —dijo señalando a Genaro, que babeaba y ponía cara de retrasado.

—¿Usted cree que puede estar en el Ejército?

Los militares creyeron a los dos pobres campesinos y así fue como dos días más tarde, los desertores llegaron a sus cabañas en Luena.

Y allí, en un molino ruinoso que pudo pertenecer a la familia del Cid y en el lugar donde el Campeador salió hacia el destierro, pasaron la noche.

CAPÍTULO 20

LLEGADA A BURGOS

Desde que iniciaron la marcha a Madrid, Jamín siempre hacía lo mismo. Comenzaban a primera hora de la mañana juntos a caminar y en apenas unos kilómetros se lanzaba a la escapada. En algunas jornadas no le daban alcance hasta que llegaban al punto de destino que más o menos habían acordado.

A media mañana de un día frío y gris vio al fondo cómo los tejados de Burgos rodeaban su espectacular catedral, aceleró el paso y, aunque no era un viaje de turismo y lo que menos quería era visitar iglesias, esas torres que ascendían elegantes hacia el cielo eran un hechizo que le atraía con más fuerza a medida que se acercaba.

Una vez que llegó a su portalada comenzó a observar con todo detalle cada forma de piedra, luego traspasó esa enorme puerta para acceder a su interior. Allí pasó un buen rato viendo lo que nunca antes había visto, una de las grandes joyas del gótico español.

No sabía el tiempo que había podido pasar cuando decidió salir y continuar su marcha y ahí justo en la puerta se encontró con sus compañeros de ruta, atraídos, sin duda, por la fuerza de esa prodigiosa obra del hombre.

A la salida de Burgos, ya en los primeros kilómetros en la carretera hacia Madrid, paró un camión vacío que se dirigía a Lerma y les dijo que si querían subir. Los tres se miraron y rápidamente dieron un salto a las ruedas y, de ahí, adentro del volquete. Si podían ahorrarse unos cuantos kilómetros de caminata y adelantar tiempo, mejor que mejor.

El conductor del viejo camión se llamaba Braulio, hasta hacía un año vivía de las vacas en San Pedro del Romeral con su mujer Montse y su madre Carmen, pero era una vida demasiado dura de largos inviernos, muchas privaciones y un futuro poco prometedor.

Braulio tuvo una infancia feliz en las escarpadas montañas que separan la provincia de Santander (La Montaña) y Burgos, pero llegó a amar y a odiar su vida con la misma intensidad.

A los doce años abandonó la escuela para hacerse cargo, junto a su madre, Carmen, del trabajo de la casa. Su padre había ido a la feria de Ontaneda con dos de las mejores vacas una madrugada y nunca más volvió. Después de dos días preguntando él y su madre por todas las casas, plazas, barrios que se encontraban, desde su casa hasta Vargas, regresaron en silencio, pero ambos convencidos de que no iba a volver jamás.

Según algunos testimonios, Policarpo Fernández, llegó temprano con sus dos vacas al mercado de ganados. No tardó mucho en hacer un trato y las vendió por tres mil quinientas pesetas a un ganadero de Selaya.

Con el dinero caliente en la cartera se acercó a un corrillo de hombres, se abrió paso y vio cómo en una pequeña mesa un hombre echaba tres cartas y algunos apostaban a descubrir dónde estaba el as de bastos. Cada vez se acercaban más hombres, más gritos y más apuestas. En un momento en el que se encontraba frente a las cartas y, después de haber visto como dos ganaderos doblaban su dinero, apostó las tres mil quinientas pesetas y señaló dónde estaba el as de bastos. Estaba seguro, hubiese apostado el resto de sus vacas y hasta a su mujer y su hijo, ahí estaba.

El trilero levantó la carta y no era el as de bastos, rápidamente cogió el dinero sin que Policarpo tuviese tiempo de reaccionar. En un momento, el trilero y sus compinches se habían metido en una furgoneta destartalada y se alejaban todo lo rápido que podían en dirección a Vargas.

Cuando apareció la pareja de la Guardia Civil ya nada se pudo hacer y Policarpo casi no acertaba a contestar las preguntas de los guardias.

Algunos testigos dicen que le vieron caminar en dirección al Escudo, otros confirmaron que sí, que subió a un tren en Cabañas de Virtus con dirección a Bilbao, pero la verdad es que no apareció nunca más.

Carmen, su mujer, tenía fama de ser muy dominante y que le armaba unas peleas tremendas a la mínima, así que todos los vecinos entendieron que, después de lo que había pasado, la vuelta a casa hubiese sido jugarse la vida.

Braulio y su madre apenas volvieron a comentar el asunto del timo del padre y de su huida, ni especularon si volvería, ni cuál sería su paradero. Seguro que lo hicieron cada día, pero en silencio. Cuando Braulio corría por las montañas llevando las yeguas a un estrecho desfiladero para poder cogerlas antes del invierno, cuando pasaba las noches de verano solo con sus vacas en la cabaña de los prados más altos. Cuando Carmen sembraba las patatas y alubias en el huerto, encendía la lumbre para poner el cocido o en los momentos más tranquilos en los que repasaba los calcetines y los pantalones de su hijo.

Aunque a su madre no pudo convencerla para vender todo y emprender una nueva vida en otro lugar, Braulio, de la noche a la mañana, vendió todas sus vacas a un tratante que apareció por el pueblo y junto a su mujer se trasladó a Burgos.

Por mediación de un pariente se hizo con un viejo camión y empezó a hacer todo tipo de portes, sobre todo entre Burgos y Aranda. No le habían ido mal las cosas y ya pensaba en comprar otro camión y trabajar todas las horas y rutas que fueran necesarias para salir adelante y dejar atrás una vida de miseria.

Al llegar a Lerma, impresionado por la aventura de los tres paisanos socialistas, Braulio se empeñó en invitarles a tomar algo y les compró algo de comida para el camino. Era un trabajador pobre, que no entendía nada ni de mítines ni de política, pero solidario con tres hombres valientes que lo habían dejado todo por sus ideas, algo que le impresionó mucho.

Los tres se despidieron de Braulio con un abrazo y emprendieron camino hacia Aranda, estaban ya en el corazón de la vieja Castilla, en la mitad de su larga marcha a Madrid.

CAPÍTULO 21

¡QUE ES CONFERENCIA!

La señora Manuela llegaba corriendo, con el corazón en la boca, jadeando y gesticulando. Antes de llegar a la puerta de casa ya se oían las voces: «¡Conferencia, conferencia!», gritaba sin parar.

En apenas trescientos metros, la señora Manuela se jugaba la vida con esas carreras para avisar a los vecinos que tenían una llamada telefónica. Ella era la telefonista del pueblo, un viejo aparato al que había que dar enérgicas vueltas de manivela para poder conectar, pegar un auricular a la oreja y hablar a una cavidad en la caja de madera.

La señora Manuela era una mujer redonda, piernas redondas, cara redonda, culo redondo, moño redondo y su mirada era muy extraña porque usaba unas gafas de culo de vaso que reducían sus ojos hasta unos lejanos puntitos.

En aquellos años que a alguien le llamaran por teléfono corría como la pólvora en todo el barrio y, por lo general, era un mal presentimiento; una muerte de algún familiar, un accidente o alguna que otra desgracia. Cuando el que tenía que llamar era algún vecino se acercaba a ca Manuela pedía la conferencia y allí esperaba un buen tiempo para poder hablar, a veces hasta te mandaba a casa y te iba a buscar a la carrera cuando, por fin, estaba la conexión.

A mí me gustaba estar por allí cerca viendo trajinar a la señora Manuela y a su doble, su hija Toñina, que era una copia a su madre, también redonda, redonda. Toñina también se hacía cargo del teléfono, pero siempre que tuviera un hueco entre colada y colada. A todas horas estaba en el lavadero que tenía enfrente de su casa, lava que te lava. Todavía hoy, cuando alguien pone muchas lavadoras se le dice: eres igual que Toñina.

CAPÍTULO 22

MANOLO, EL DE LOS PERROS BLANCOS

Castillo vivía desde hacía años en Torrelavega huyendo de la vida dura de las montañas que abrazan el nacimiento del Pas. Había nacido el verano de 1902 en una cabaña que era poco más que cuatro piedras amontonadas y un techo de lajas de piedra que los ganaderos utilizaban para pasar los días de verano mientras sus vacas y cabras pastaban por los prados y peñas más altas que separan La Montaña de Burgos.

Su madre había subido comida a su marido y pensaba bajar a su cabaña vividera cerca de San Pedro del Romeral, pero se puso de parto en cuanto entró por la cabaña y allí, sola, dio a luz a su primer hijo.

Horas más tarde apareció su padre, Manolo, el de los perros blancos, que regresaba con sus vacas a los prados cercanos a la cabaña y allí, se encontró con la sorpresa de su hijo, un niño que lloraba y gritaba sin parar.

Manolo lo cogió, lo sacó de la cabaña, lo alzó y lo giró trescientos sesenta grados mostrando a su recién nacido la grandeza del paisaje. Loco de felicidad fue presentando a su hijo a los prados, a las nubes, a las peñas, a las vacas y, por último, a sus dos perros blancos.

A Manolo le llamaban en el pueblo el perrero porque siempre tenía a uno o dos perros blancos pegados a él. No le gustaban más que el perro pastor de pelo blanco y nadie recuerda haberle visto sin sus perros, ni siquiera el día de su boda.

Cuando era pequeño se cayó en una torca y todo el pueblo estuvo dos días buscándolo hasta que lo encontraron gracias a los ladridos de una mastina blanca que lo encontró y no se movió de su lado. Desde entonces nunca se despegó de sus perros, siempre blancos.

CAPÍTULO 23

19 DE OCTUBRE DE 1935

Gema había llegado un día antes que sus tres compañeros de aventura a Madrid y, obedeciendo las insistentes recomendaciones de su hermana, había ido directa a casa de su tía Laura. Sin desviarse de la carretera de Burgos llegó a la Plaza de Castilla y ahí preguntó por el Paseo de la Castellana que justo terminaba en la plaza donde había llegado.

Era una zona de bonitos chalés con amplias parcelas hasta llegar a los señoriales pisos ya cerca de la plaza de Colón. Nunca pensó que fuese tan grande Madrid, llevaba caminando más de una hora cuando llegó a Castellana 23, esquina con Zurbarán, un edificio bonito de gente rica.

Tímidamente se acercó a la puerta no sin antes verse, sin mirarse, su aspecto. Un rostro curtido por el sol y el viento, unos pelos ensortijados, rojos que salían de un pañuelo también colorado, una bolsa de tela de cuadros y, por si fuera poco, vestida con unos pantalones marrones, algo poco visto en las mujeres de la época. Solo faltaba la vara de avellano de la que no estaba dispuesta a deshacerse.

No puedo hacerse la remolona mucho tiempo porque la portera, que estaba barriendo el portal, enseguida le preguntó que si necesitaba algo o si buscaba a alguien.

—Sí, estaba buscando a mi tía, Laura Villar, creo que vive en esta casa.

—Uff, Laura, sí, pero pasa, pasa, no te quedes ahí. Vive en el quinto derecha o izquierda, porque es la casa de los señores Martínez-Conde, que tienen los dos pisos y, en realidad, son los dueños de todo el edificio. Pero pasa, pasa —le insistió la portera mientras abría la puerta que daba a la portería y a la casa de los porteros—. Yo me llamo Juana y mi marido, que anda ahora por ahí trajinando con la caldera, Juan.

—Yo soy Gema, encantada, y soy sobrina nieta de Laura, la verdad es que solo me ha visto una vez cuando yo era muy pequeña.

—Sí, de eso puedo estar segura porque yo llevo veinticinco años aquí y Laura no ha pasado ni una noche fuera de esta casa. Pero bueno, qué hacemos charlando, estarás cansada y tendrás ganas de ver a tu tía, vamos a salir al patio, cogemos la escalera de servicio y subimos, eso es lo peor, los cinco pisos.

Juana, la portera, iba delante abriendo camino y hablando sin parar, aunque, a medida que subía escalones, se iba quedando sin resuello.

Cuando llegaron al quinto no podía soltarse de la balaustrada y, sin que le saliera una sola palabra de la boca, hizo un gesto a Gema para que fuese ella la que llamara al timbre. Poco después abrió la puerta una joven regordeta de mofletes colorados y el pelo recogido en un moño castañeta vestida con una bata gris y un delantal negro con ribetes blancos.

—Angelita, acertó a susurrar la portera—, avisa a Laura, haz el favor.

Al poco rato apareció Laura, una mujer delgada, vestida de negro, con el pelo ya bastante plateado, recogido. Solo había tenido una vez a Gema en sus brazos, cuando tenía poco más de un año y había vuelto a casa dos días a enterrar a su padre. Pero enseguida supo que era ella y la abrazó con fuerza.

Estaba al tanto de su llegada por su hermana, Fortuna, la abuela de Gema, que, al no poder hacer desistir a su nieta de ese viaje, sola y a pie, una auténtica locura, escribió cuatro líneas (siempre encabezaba sus cartas diciendo «te escribo cuatro líneas...») a su hermana Laura para que acogiera dos o tres días a su nieta.

—Ay, niña, por fin llegaste, qué alegría que estés bien, después de ese viaje sola desde tan lejos. Gracias por subirla, Juana, si quieres tomar un anís pasa.

—No, Laura, en otro momento, que he dejado el portal a medio limpiar y mira qué horas —contestó Juana mientras bajaba lentamente las escaleras.

Laura era la mayor de catorce hermanos, así que desde que era una niña estaba acostumbrada a criar a sus hermanos y a hacer todo tipo de labores de la casa. A pesar de sus múltiples quehaceres logró estudiar enfermería y a finales del siglo XIX entró a trabajar en el sanatorio de la isla de Pedrosa, cercano a Santander.

En esa época, era solo un pequeño lazareto destinado a mantener en cuarentena a los pasajeros que llegaban en barcos de América o de otros países con enfermedades endémicas, sobre todo enfermedades tuberculosas.

Poco antes del desastre del 98, llegó un vapor de Cuba con dos muertos a bordo y su tripulación y dos ilustres pasajeros tuvieron que ingresar en la isla de Pedrosa a pasar la cuarentena. Los ilustres pasajeros eran los hermanos Martínez-Conde, dos ricos hacendados que volvían de vender sus fábricas de tabaco en Cuba al ver que en la isla la situación era muy explosiva y que, acertadamente, acabaría en una guerra con Estados Unidos que pondría fin al imperio español.

Al poco tiempo de llegar, uno de los hermanos, don Jaime, desarrolló síntomas de padecer tuberculosis y efectivamente, aunque sobrevivió, tuvo que quedarse en el sanatorio varios meses.

En esos paseos por la isla entabló una gran amistad con una de las enfermeras, Laura. Fue una pura amistad porque don Jaime estaba casado, muy enamorado de su esposa, Luisa de Alvear y padre de ocho hijos. Y así fue como, de esa amistad, le propuso trasladarse a Madrid para ser la enfermera particular de la familia. Laura aceptó, pronto pasó a ser esencial en la familia, donde pasó de soltera a solterona y a casi anciana cuarenta años más tarde.

CAPÍTULO 24

LA TÍA ATILANA

La tía Atilana era catorce años mayor que sus sobrinas Laura y Fortunata, las hijas mayores de su hermana Gloria, una mujer recta, inflexible y religiosa que llevaba su casa, a sus doce hijos y a su marido Bernabé con mano de hierro.

A pesar del carácter duro de su hermana Gloria, a ella le gustaba mucho ir a casa de su hermana y echar una mano con los niños, sobre todo porque adoraba a sus dos sobrinas mayores. Ella, ya con treinta y cuatro, y a pesar de no ser una mujer fea y tener muchas cualidades, veía que se quedaba solterona y que su familia serían sus sobrinos.

A la más mínima oportunidad se acercaba a la casona de La Cueva y se quedaba una buena temporada allí echando una mano a su hermana Gloria exhausta con tantos hijos.

—Catorce eché a andar —decía siempre Gloria.

Pasaron los años y su sobrina Fortunata, aunque todos la llamaban Fortuna, se casó con Arturo, un vecino guapo, pero pobre, sin que nadie pusiera ningún impedimento, porque era honrado y trabajador. Además, tenía el apoyo de su tía, bastante rica, soltera y que le regalaba una buena casa en Castañeda para que vivieran ella y sus descendientes.

Algo pasó en la boda de Fortuna, algo inconfesable, aparentemente inocente, que cambiaría toda su vida. Se levantó de la mesa, un poco acalorada por el vino y caminó por la huerta de atrás de la casa hasta los tres álamos más alejados.

La tía solterona era una mujer alta, delgada y elegante que ya había renunciado al amor y que rechazaba a cuantos pretendientes le habían ofrecido las casamenteras. Paseaba bajo la sombra de los enormes perales hasta llegar al rincón, casi oscuro de los álamos rodeados de enormes avellanos, y allí estaba su sobrino Manuel fumando un cigarrillo apoyado en uno de los árboles.

—Hola, Manuel, pero qué guapo estás con ese traje blanco —le dijo con tono maternal.

Manuel espero a que llegara, la rodeó con su brazo y le dio un largo beso en la boca a su tía. Ella se ruborizó, quedó paralizada hasta que le soltó una bofetada y volvió corriendo hacia la casa.

Dos meses después, Manuel y la tía Atilana embarcaban en secreto en un vapor en el puerto de Santander rumbo a Cuba. Nadie supo más de la pareja, ni siquiera se podía hablar de ellos porque el escándalo había sido mayúsculo.

En 1950, treinta años después, dos mujeres muy elegantes y con un marcado acento cubano, Josefa y Mercedes, aparecieron por casa de la abuela y, al mismo tiempo, tía Gloria.

CAPÍTULO 25

LA VESPA

Años antes de que llegara el Sinca 900 color verde oliva —recuerdo que costó ciento cinco mil pesetas— mi padre y toda la familia, nos movíamos en la vespa. Sonaba el pito de Solvay y ya sabíamos que a los diez minutos aparecía mi padre con su vespa. Era como otro más de la familia, incluso mi hermano mayor y yo casi nacemos a la orilla de la carretera en la cuesta de La Montaña porque mi madre se empeñó en tenernos en Castañeda, su pueblo y cuando empezaron los dolores de parto, a la vespa.

Mi madre se subía de lado, como Audrey Hepburn en Vacaciones en Roma, agarrada a la cintura de mi padre y siempre con un pañuelo en la cabeza. Hasta ahí todo bien, pero no me imagino a la pareja con mi madre de parto yendo desde Cudón a Castañeda, subiendo por Sierrapando, la Cuesta de La Montaña, Las Presillas, Vargas y luego subir los dos pisos de escaleras de casa de mis abuelos.

Así que todo parece indicar que yo estuve a punto a nacer en una cuneta. Solo cuando le tocó el turno a mi hermano pequeño, cuatro años menor, ya empezaban a llegar al pueblo los coches y el viaje de mi madre fue en el infinitamente más cómodo «dos caballos» de Milio, el del bar Vielyo.

Que aumentara la familia no importaba nada a la vespa, todos subíamos a ella y en algunas ocasiones la familia al completo. No sé por qué, viviendo a tres kilómetros de la playa, uno de los grandes acontecimientos era ir a comer a la playa y pasar unas cuantas horas. Había que tener a mi padre de muy buen humor porque no le gustaba nada la playa, ni siquiera se ponían el bañador y siempre accedía a llevarnos, pero a lo que él mismo decía, a darnos un remojón. Era literal, llegábamos, yo me ponía mi flotador blanco, echábamos a correr al agua y mi padre se quedaba quince minutos en el bar de La Coja tomando un blanco. Al cabo de esos quince o veinte minutos ya nos estaba llamando para volver a casa.

Pero, en contadas ocasiones, podíamos convencerle para que nos llevara a todos con la bolsa de la comida. Era uno de los días grandes. Y para qué dar dos viajes, toda la familia al completo nos subíamos a la vespa y unas veces íbamos a la playa de Marzano y otras a Usgo, eso sí, por la pista de Solvay para que no nos pararan los guardias.

La de Marzano era más tranquila, aunque teníamos que hacer un kilómetro por carretera y era más peligroso. A la de Usgo se iba solo por la pista. ¿Y cómo podíamos ir toda la familia en la vespa? Pues muy sencillo, mi hermano mayor y yo delante de mi padre pegados al manillar y detrás mi madre con la cesta de la comida agarrada de un brazo y mi hermano pequeño del otro.

Un día, mi padre dio dos viajes porque llevamos a mi prima Sefi. Era un domingo y mi prima estrenaba unas sandalias doradas y se empeñó en llevarlas a la playa. Una vez en la playa de Usgo, los niños nos quedábamos rápidamente en bañador, cogíamos los flotadores y corriendo a la orilla del mar. Mientras, mi padre se tomaba un blanco en el bar Piloto, un chiringuito que desapareció hace mucho tiempo, y mi madre extendía un hule e iba sacando de la bolsa de la comida las fiambreras con la ensaladilla y los filetes empanados. Y para beber vino con casera, aunque éramos bien chicos.

Usgo era una playa traicionera y peligrosa, por eso teníamos que estar bien en la orilla, podía venir de repente una ola y llevarte hacia dentro.

El día que fuimos con mi prima Sefi, estábamos ya sentados encima del hule con la comida preparada cuando una repentina gran ola nos tapó a todos. Cuando abría los ojos recuerdo ver cómo rodaban los huevos cocidos hacia mar adentro y las sandalias doradas de mi prima flotando.

Eso sí que fue un remojón, afortunadamente solo fue un susto, pero tuvimos que volvernos a casa sin comer y empapados. Mi prima recuperó las sandalias.

CAPÍTULO 26

MADRID

Ya en el horizonte se veían los primeros edificios de Madrid en la zona de Chamartín, el tráfico iba aumentando a medida que se acercaban.

La mayor parte de los vehículos, coches, camiones, autobuses, carretas... iban llenos de gente que se dirigía, sin duda, hacia el mismo lugar, el campo de Comillas.

Los gritos y las canciones contagiaban alegría de unos a otros y, al mismo tiempo, hacía que, a pesar de los catorce días caminando, con poca comida, durmiendo en establos y al raso y calzando unas viejas alpargatas, empezaran a acelerar el paso.

Los tres amigos y camaradas, Jamín, Velar y Castillo dejaban atrás cuatrocientos kilómetros andando y ya podían ver frente a ellos su objetivo, Madrid, el punto de encuentro de sus ilusiones, ideas políticas, sus sueños de libertad. Allí, al día siguiente, serían testigos de un acontecimiento histórico, la concentración humana mayor hasta ahora, el mitin del candidato del Frente Popular Manuel Azaña, en las elecciones de febrero de 1936.

Había llovido durante tres días y, aunque esa mañana lucía un sol espléndido, el agua de los baches de la carretera les había alcanzado de lleno al pasar los vehículos cerca. No habían perdido ni su sonrisa, ni sus enormes ganas de llegar a la capital, pero su aspecto era deplorable.

Con la emoción de la meta cada vez más cerca se había esfumado de golpe el cansancio, el dolor de unos pies destrozados, los cabreos y discusiones que habían tenido a lo largo de estos trece días de octubre... volvían a estar en plena forma y con las mismas ganas que cuando salieron de Torrelavega dejando atrás sus trabajos, su familia y sus pobres vidas. Estaban a punto de alcanzar su objetivo y eso hacía que guardaran silencio, solo avanzaban a paso ligero, con la mirada al frente, saludando a los camaradas que les sobrepasaban en camionetas atiborradas de gente y que gritaban «¡Libertad!» y otras consignas socialistas y republicanas.

—¿Y qué habrá sido de Gema? —preguntó Castillo.

—Seguro que está ya sentada en las primeras filas y eso que hemos venido a un buen ritmo, pero esa mujer es increíble, vaya marcha que tiene caminando —dijo Jamín.

—Sí, nos habían pedido que la cuidáramos y nos ha ganado ampliamente, quedé con ella en que estaría cerca de la entrada del puente de Toledo unas horas antes de que comenzase el mitin por si podíamos vernos y entrar juntos, pero con esa masa de gente no sé si no la volveremos a ver hasta la vuelta.

Un camión no demasiado lleno de gente se paró junto a ellos y les gritaron que subieran, pero Jamín, que ya se veía a menos de un kilómetro de la entrada a Madrid miró a sus compañeros y sin necesidad de intercambiar una palabra declinó el ofrecimiento de los camaradas. Habían sido muchos días, muchas noches a pie para subirse a tan poca distancia de la meta a un camión.

Pese a los trece días caminando, los cuatro pares de alpargatas desgastadas, los días de poco comer y mucho andar, las frías noches al raso y los largos senderos de una Castilla seca, agostada, de álamos dorados y tierras vacías tras la cosecha, Jamín, Velar y Castillo cruzaban juntos el puente de Toledo en medio de una marea humana que se acercaba y tomaba asientos en el campo de Comillas, una gran explanada situada junto al Manzanares y donde, en unas pocas horas, Azaña pronunciaría su mitin más multitudinario.

Habían perdido ya en Burgos a Gema. Y antes, en la subida del Escudo a Toñuco y su grupo de ciclistas, pero confiaban en poder encontrarse en medio de la multitud porque tenían sus asientos en la misma zona.

Por primera vez en un mitin político, los miles de asistentes habían pagado por ver a uno de sus dirigentes y todos los asistentes habían sacado su entrada. Los organizadores calcularon doscientos cincuenta mil asistentes, pero superaron los cuatrocientos mil y, a pesar de algunas desproporcionadas cargas de la caballería y aislados enfrentamientos, la mayor concentración de gente hasta el momento se desarrolló sin apenas incidentes.

Trabajadores en alpargatas, protegiéndose del sol con folletos de propaganda política, periódicos o con pañuelos con cuatro nudos se mezclaban con universitarios o abogados, médicos, ingenieros, todo tipo de profesiones liberales que la mayoría iban con su traje, su corbata y su sombrero.

Al llegar a su sector, ya había miles de personas situándose en los bancos corridos que habían sido instalados a prisa y corriendo unos días antes por cientos de voluntarios. Se veía que habían venido muchos grupos. Todos desbordaban entusiasmo y alegría de vivir un acto histórico y la experiencia única de haber hecho un viaje que, a pesar de las fatigas y la dureza, se apuntaría en el libro de siempre recordar.

Cuando llegaron a su bancada, Jamín se dejó caer rendido justo al lado de un chaval que no tendría más de dieciséis años con un semblante apenado.

—¿Qué tal, chaval? —le preguntó dándole una palmada en el hombro.

—Bien, aunque un poco triste porque he perdido a mi hermano y a los compañeros con los que venía.

—Ni te preocupes, seguro que aparecen, tendrán las entradas por aquí.

—Ese es el problema, que les perdí justo en la entrada y yo me he sentado aquí sin saber dónde pueden estar.

—Bueno, les encontraremos, ¿te has sentado aquí por alguna razón?

—Sí, he preguntado y me han dicho que los asistentes de Santander y La Montaña estarían por aquí.

—Un chaval listo, ¿de dónde eres?

—De Malataja, un pequeño pueblo de los Riconchos, justo en los primeros tramos del río Ebro, a unos kilómetros de Reinosa.

—Nosotros somos también de La Montaña, de Cudón, por la zona de Torrelavega, así que no te preocupes que si no aparecieran te quedas con nosotros. ¿Cómo te llamas?

—Fernando.

—Yo soy Jamín y mis amigos, Castillo y Velar.

CAPÍTULO 27

GEMA Y DOMINGO

Gema había salido tarde de casa de la tía Laura y, por supuesto, por una de las puertas de servicio. Si llegaban a enterarse los señores que la sobrina de su ama de llaves venía a un mitin de Azaña se morirían del susto. Pero ¿quiénes eran estos descamisados que venían de todos los puntos de España a un mitin de Izquierda Republicana? Pensaban que su mundo se estaba desmoronando, que con la salida del Rey en 1931 su España iba directa al precipicio.

Gema, asesorada por la portera, se dirigió caminando hacia Atocha y de ahí seguiría por la ronda de Atocha hasta el puente de Toledo. En menos de una hora se encontró con la multitud cruzando el puente y fue precisamente en ese punto cuando tropezó con un adoquín suelto y saltó hacia el suelo, pero sin saber cómo alcanzó a agarrarse a una de las cientos de piernas que se dirigían hacia las diferentes entradas del mitin. Esto impidió que el golpe fuera más doloroso, porque cayó justo encima del pobre desgraciado al que había hecho rodar por el suelo del puente. La víctima era Domingo, un muchacho de apenas dieciocho años que se vio, de repente, con una cabellera pelirroja encima de su cara.

Algunos muchachos que vieron la escena les ayudaron a ponerse en pie y rápidamente les dejaron, mirándose al ver que nada había pasado.

—Ay, lo siento mucho —dijo Gema—. Tropecé con algo y no se me ocurrió nada mejor que agarrarme a lo primero que encontré, y eso era tu pierna, espero que estés bien.

—Sí, tranquila, ¿y vos?, ¿te lastimaste, estás bien?

Gema no había oído hablar nunca de esa manera y con ese acento tan extraño

—¿De dónde eres que hablas tan raro?

—Ah, soy argentino. Es más normal encontrar españoles llegando a Argentina que al revés.

La muchedumbre les fue acercando uno a otro y enseguida se pusieron a caminar casi pegados.

—Dime, ¿qué hace por aquí un chico tan joven, en un mitin político en España y tan lejos de su familia? —preguntó Gema.

—Uff, es una historia muy larga y seguro, señorita, que querrá encontrase con sus amigos, ¿les ha perdido?

—No, solo tengo unos conocidos que han venido caminando algunos días conmigo desde La Montaña, en el norte de España.

—¿Has venido sola caminando desde el norte de España?

—Sí, he tardado doce días, he pasado frío, calor, de todo, pero ha sido una experiencia maravillosa. Y hasta creo que he llegado antes que los tres escoltas que me puso mi hermana para que me acompañaran en el camino, ¡ja, ja, ja!

—¿Quiénes?

—Tres socialistas que hicieron la primera parada en casa de mi hermana y ella les suplicó que estuvieran pendientes de mí porque había decidido también ponerme en marcha hacia Madrid, algo que nadie de la familia podía ni imaginar, ni mucho menos entender. Pero aquí estoy sana y salva.

—Vaya, ¡qué valiente sos!

—Si estás solo podemos ir juntos al mitin y luego tomamos algo y me cuentas tu historia que seguro que es más apasionante que la mía, aunque tengo que volver pronto a casa de mi tía y mañana quiero regresar a casa.

Llegaron a una de las puertas de acceso, compraron dos entradas y, al decir Gema de dónde venía, les indicaron una zona donde se encontraban asistentes del norte, sobre todo Asturias y La Montaña.

Por allí estarían también sus compañeros esporádicos de viaje, a los que había logrado dar esquinazo sin problema.

Tras una grada enorme de bancos y bancos de madera repletos de gente vio que un grupo le hacía gestos de llamada agitando los brazos, eran ellos, sus custodios Jamín, Velar y Castillo.

Cuando Gema llegó a ellos se dieron grandes abrazos, sabían que la chica sabía cuidarse, pero no dejaban de estar un poco preocupados porque viajaba sola y su hermana les había pedido insistentemente que cuidaran de ella.

—¿De dónde has sacado a ese chaval? —preguntó Jamín.

—Tropecé en el puente y no se me ocurrió otra cosa que agarrarme a lo primero que vi. Era su pierna, y el pobre chico se dio de bruces contra el suelo. Así que no sé cómo está aún conmigo. Por cierto, no sé tu nombre.

—Soy Domingo.

Jamín le estrechó la mano y le contestó.

—Yo Jamín, mucho gusto y mis amigos son Pepe, aunque todos le llaman Velar, por su apellido y Jesús, aunque también todos le llaman Castillo. Y este muchacho que se ha perdido y que es también de La Montaña, Fernando.

—Ah, y ahí viene Toñuco, otro vecino del pueblo que salió en bici, aunque no pensé que pudiera llegar con esa bici fabricada por él.

CAPÍTULO 28

AZAÑA Y 400.000 PERSONAS

Durante las cuatro horas que estuvieron en el mitin, las más de 400.000 personas que llenaban el campo de Comillas dejaron sus conversaciones y estuvieron todos a una pendientes de las palabras de Azaña, un discurso en numerosas ocasiones interrumpido por grandes y sonoros aplausos y gritos de «¡Viva la República!» «¡Viva el Frente Nacional!» o «¡Victoria, victoria!».

Todos fueron ocupando sus asientos, al fondo una tribuna con altavoces forrada con la bandera republicana y las siglas de Izquierda Republicana. Por encima, una pancarta que llegaba de un extremo a otro de la tribuna: «Decid al país que ha nacido un nuevo partido republicano fuerte».

Apenas llegó a su asiento Velar lanzó varios gritos.

—¡Viva Rusia! ¡Viva el comunismo, viva la república de los trabajadores!

El campo de Comillas desbordaba alegría, ilusión y entusiasmo por la conquista del poder de una izquierda republicana unida.

Socialistas, comunistas, sindicalistas, anarquistas, trabajadores, profesionales, universitarios, peones del campo, todos a una con el nuevo partido y con Azaña.

La multitud no paraba de llegar, era un despejado día de octubre y el sol pegaba, pero se aguantaba.

Ya no parecía que pudiese entrar nadie más cuando, después de varias canciones coreadas por la multitud apareció Azaña.

Hubo varios minutos de intensa ovación. Intentaba a través de unos gestos con sus manos que los asistentes dejaran de aplaudir sin conseguirlo. Poco a poco iban cesando los aplausos y los miles de personas allí reunidas comenzaron a sentarse en las bancadas.

—...Ciudadanos. Viniendo de Mestalla y de Baracaldo, hemos hecho un alto en esta orilla del Manzanares, que es un buen lugar para que se oiga el estrepitoso aldabonazo que la opinión republicana descarga en las puertas del poder, y para que hasta los más duros y frívolos y acérrimos de nuestros enemigos se percaten de la grandiosidad de esta manifestación. Aquí continuamos la campaña que hace meses inició Izquierda Republicana y que en este acto culmina, pero no termina...

De nuevo fuerte ovación y «vivas» a Azaña y a una España republicana.

Durante todo el tiempo que Azaña estuvo dirigiendo sus palabras ante la marea humana que allí se concentró no hubo más que aplausos y vivas. La gente estaba entusiasmada y seguía con devoción las palabras del líder republicano.

Ya casi al final de su intervención, Azaña dijo:

—El triunfo de la república no puede ser un triunfo capitulado ni pactado; tiene que ser un triunfo total, a banderas desplegadas, sonantes todas las trompetas de la victoria, con todos los enemigos delante; pero con ningún enemigo al costado ni a la espalda, y solamente siendo así, el triunfo de la república podrá enderezar a España.

Fervorosos aplausos de la masa allí concentrada que no decaía en su entusiasmo.

—Yo lo sé; porque lo sé, aseguro que vale más fracasar en un empeño grande y descomunal que acertar en obras menudas; que vale más levantar a un pueblo a la altura de sus anhelos que administrarlo pacatamente, sesteando a la sombra de rutinas inveteradas y despreciables; que vale más conservarle al pueblo español la ilusión en sus futuros destinos; que es mejor no permitir que se adormezca en la miseria o se suicide por desesperación; que es mejor mostrarle que la hombría de bien no es risible; que la picardía fracasa siempre, aunque no siempre vaya a la cárcel. Y que la tolerancia y el trabajo y la honestidad pública son los verdaderos caminos políticos de la redención del país. Es la mejor lección que se puede dar a nuestro pueblo, y envidiable sería la suerte de un español que pudiera corroborarlo con su ejemplo personal ante sus compatriotas. Esta es la gran ambición que puede sentir un corazón republicano expansionándose libremente delante de cuatrocientos mil correligionarios.

Más, muchos más, gritaron miles de personas.

Azaña, ahogado por el griterío, hizo una breve pausa y continuó.

—Correligionarios que acuden de toda España a hincar la bandera republicana en el corazón de Madrid, corazón de la República.

Ahí hubo una ovación clamorosa que duró varios minutos.

—Y ahora, callad; ahora, poned encima de vuestro fervor la losa de un pensamiento grave; callad todos, guardad silencio todos, y que la evocación que voy a hacer no os alborote ni os haga romper en aclamaciones. ¡Callad todos y pensad en silencio en los mártires de la República, que también los tiene! ¡Pensad en silencio!... El silencio del pueblo declara su tristeza y su indignación; pero la voz del pueblo puede sonar terrible como las trompetas del juicio. ¡Que mis palabras no resbalen ligeramente sobre corazones frívolos y que penetre en el vuestro como dardos de fuego! ¡Pueblo, por España y por la República, todos a una!

Estas últimas palabras de Azaña habían hecho brotar las lágrimas en el rostro de Jamín y de buena parte de los asistentes, hubo vivas, una ovación enorme, abrazos y la sensación de que esos días de ampollas en los pies, frío, hambre, sueño... esos días de calamidades, habían merecido la pena.

Ese día, Jamín, Velar, Castillo, Gema, Toñuco, Fernando y hasta Domingo, el argentino, habían hecho historia junto a los otros cuatrocientos mil asistentes al mitin más multitudinario que se había celebrado hasta entonces.

Se sentía, una sensación de exaltación, de felicidad, una fuerza imparable.

CAPÍTULO 29

EL SECRETO FAMILIAR

Estaba ante cuatro desconocidos, pero llevaban juntos unas horas y tenía la impresión de que ese momento lo iba a recordar toda la vida.

Sentados ante un par de botellas de vino peleón en una taberna de Lavapiés los cuatro querían saber qué hacía un chico —Domingo— de apenas dieciocho años, argentino, solo, en Madrid, en un mitin de Azaña.

Toda había sido por pura casualidad, y solo el azar le había conducido allí. Aunque sí que era una larga historia.

Hacía dos meses que se había enterado de un secreto familiar del que aún estaba huyendo. Una mañana de diciembre de 1898, sus abuelos se habían embarcado con sus tres hijos y dos maletas en un vapor en el puerto de Génova con destino a Buenos Aires. Como tantos otros miles de emigrantes con un billete de ida y sin esperanza de regresar nunca más a un pueblo pobre de la Toscana del que salieron sin mirar atrás.

Dieciséis días en el Océano con dos escalas en Barcelona y Río de Janeiro hasta llegar a la Boca, al barrio del puerto de Buenos Aires donde los pobres emigrantes se acomodaban como y donde podían.

Cinco años después se habían asentado en un pequeño pueblo agrícola de la provincia de Buenos Aires y parecía que todo podía ir mejorando hasta que el padre de familia cayó muerto de un navajazo que le dio un vagabundo.

Domingo, que así se llamaba también el padre de Domingo, estaba jugando con sus hermanos cuando pasó un hombre de mal aspecto con un perrito. No sé qué entendió el hombre que a gritos les dijo a los niños que eran unos hijos de puta. Domingo corrió a avisar a su padre, los dos llegaron rápidamente y el padre de Domingo se encaró con el vagabundo y le recriminó que hubiese insultado a los niños.

Sin mediar palabra, el vagabundo se acercó a él y asestó al padre de Domingo un navajazo en el vientre y salió corriendo.

Domingo se quedó sin padre en unos minutos, allí tendido en el suelo. Llegaron los vecinos, Rafaela, su madre que no dejaba de gritar desgarradamente y, cuando quiso llegar el doctor don Marcelo, nada se pudo hacer por él.

El vagabundo desapareció y no quedó ni rastro de él salvo un incómodo testigo, el pobre perrito que apareció colgado en un bosque cercano a los pocos días.

La familia logró sobrevivir como pudo gracias a un tío de Rafaela que los llevó a Buenos Aires y consiguió una buena portería para la viuda y sus hijos en Reconquista, catedral al Norte.

En las tardes de invierno en la portería, Rafaela no dejaba de contar a sus hijos cómo era el pueblo de la Toscana donde habían dejado a sus abuelos y a su hermana mayor, Teresita, para que se encargara de ellos.

Desde que salieron del pueblo no habían sabido nada en años, apenas un par de cartas de Teresa.

Dieciséis años después de llegar a la Argentina, en Europa estallaba la primera guerra mundial. Rafaela no pudo hacer nada por impedir que su hijo Domingo regresase a Europa y tomase las armas. Solo tenía la dirección de la casa en el pueblo, donde se supone que estarían su hermana Teresa y sus abuelos.

Pasaron meses y hasta casi dos años y nada se supo de Domingo, hasta que una vecina le contó a Rafaela que Domingo había vuelto a Argentina, que había vuelto casado, o al menos con una mujer que esperaba un hijo y que vivían en La Merced, a unas quince cuadras de su casa.

Rafaela estaba a punto de perder el sentido, por una parte se alegraba de saber que su hijo no solo estaba vivo sino que vivía muy cerca, pero por qué no había dicho nada, por qué no había venido a verla, a ella, a sus hermanos.

No fue difícil averiguar la dirección de su hijo, dos días después de conocer la noticia, Rafaela subía unas estrechas escaleras de una vieja casa, también estrecha, al final de La Merced, casi en San Telmo. Llamó a la puerta y le abrió una joven en avanzado estado de gestación. La joven era Teresa, su hija.

—Al mes siguiente nací yo. Y como me enteré de que mi padre y mi madre se habían enamorado siendo hermanos, es otra larga historia. Lo cierto es que, al enterarme, salí corriendo al puerto de Buenos Aires y me subí al primer vapor que zarpaba del puerto, el Cabo de Palos, quince días después estaba en Barcelona.

CAPÍTULO 30

POLIZONES A ARGENTINA

En 1935 volvió de Argentina Xisto, el tío de Jamín. Volvió embarcado en un trasatlántico de Buenos Aires a Vigo, con un pasaje de primera clase y bien cargado de billetes. Quince años habían pasado desde que se embarcó de polizón en un carguero en el puerto de Santander con destino a Lisboa, Río de Janeiro y Buenos Aires.

Xisto se coló en el barco sin nada en los bolsillos junto a su primo Raimundo Poo, los dos tenían entonces veintidós años y habían sido llamados a filas para servir al país en la guerra de Marruecos, un destino al que solo iban los más desdichados y los más pobres porque si se pagaba un impuesto podías librarte.

Entre alistarte a una guerra en un país desconocido para defender una tierra hostil o trabajos forzados en las calderas de un carguero con destino a un nuevo mundo no hubo elección.

Xisto y Antonio salieron una mañana de septiembre de 1920 a Santander casi con lo puesto, unas cuantas pesetas y unas perras gordas, que era lo único que habían conseguido reunir después de haber estado durante dos meses llevando piedras en un carro de bueyes, desde Cuchía a Suances, a siete pesetas el viaje.

Merodeando por el puerto se enteraron de que un vapor carguero y con algunos camarotes de pasajeros zarparía esa misma noche con la marea con Lisboa como primer destino. Junto a la grúa de piedra unos marineros ataban con gruesas sogas unas grandes cajas de madera que iban alzando y acomodando en el buque.

Era la oportunidad que necesitaban y que iban a aprovechar Xisto y Raimundo, en el momento en el que dos de los marineros pararon para echar un cigarro, los dos polizones se acercaron a las cajas que quedaban por cargar, vieron que era fácil abrirlas, llevaban patatas una y otra ajos y cebollas, y qué era fácil acomodarse porque había hueco suficiente para esconderse. Así fue como Raimundo en la caja de patatas, y Xisto, en la de cebollas, lograron subirse a bordo y dejar atrás su pueblo, sus familias, el ejército y su España.

Los dos polizones fueron descubiertos rápidamente, pero el capitán se apiadó de ellos y, como estaba escaso de personal, no los tiró al agua, aunque les hizo trabajar de sol a sol hasta que, dieciocho días después, el carguero atracaba en el Río de la Plata.

Habían pasado quince años, había salido siendo un joven huyendo del ejército en una España monárquica y volvía como un hombre si no rico, sí con un buen dinero para comprar un terreno en el pueblo y hacerse una buena casa, que era con lo que había soñado todos estos años.

Su hermana María, con la que estaba más unido y la que se había quedado soltera, se había encargado de todo y la casa estaba ya terminada así que nada más llegar al pueblo tendría su propia casa para alojarse sin tener que mendigar un rincón en alguna de las casas de sus hermanos que, además, eran todos pobres.

CAPÍTULO 31

NINA Y LAS ALUBIAS

Por fin había parado el viento. Hacía tres días que el sur estaba volviendo locos a todo el pueblo. Todos los años entre finales de septiembre y octubre y las primeras semanas de noviembre el sur aparecía y no se iba en semanas.

Muchas veces se llevaba por delante tejas, cobertizos, gallineros y todo lo que no estaba muy bien sujeto, pero también servía para que secaran bien las alubias y las panojas, algo que era fundamental para pasar el invierno.

Nina había ido esa tarde a coger las alubias de un pequeño prado que tenían en la mies de encima. Se había llevado un saco grande y un delantal también grande donde iba echando las alubias y, una vez que estaba lleno, las volcaba en el saco.

El viento había tirado muchos panojos, pero lo bueno es que estaban las alubias muy secas. En dos horas casi había llenado el saco y eso que cada vez que iba echando las alubias del delantal apretaba con fuerza para poder llenarlo bien. Cuando ya vio que no entraban más, retorció bien los extremos del saco y con dos nudos bien prietos cerró el saco.

Tanto fue apretándolo que a duras penas pudo echárselo a la cabeza para llevarlo a casa. Ya con el saco bien colocado en su cabeza echó a andar casi sin ver más allá de sus pies.

Mucho le costó llegar al camino Real, frente al Rojo, donde tenía que cruzar la carretera para meterse en el barrio Vía y luego subir a su casa, junto a la iglesia.

Apenas era un saco de dos piernas que iba caminando sola cuando escuchó a gritos su nombre. «Nina, Nina», oía cada vez más cerca. Con un gran equilibrio pudo girar a su izquierda y poner su vista hacia donde llegaban las voces. Allí, al fondo, a la altura de casa de Zalo Villanueva pudo reconocer a Jamín que gritaba con todas sus fuerzas su nombre. Un segundo le bastó para tirar el saco al suelo y echar a correr hacia él.

Era el Día de Todos los Santos, un día de sol, pero ya recortado por las noches cada vez más largas y ahí estaban abrazándose sin poder casi ni hablar, ni moverse. Habían pasado veinticinco días y veinticinco noches desde que salió con un hatillo al hombro hacia Madrid. Volvía más delgado, con cara desmejorada y cojeando, pero ahí estaba Jamín el hombre que desgastó siete pares de alpargatas en ir y venir a Madrid.

EPÍLOGO

Jamín, volvió a casa después de haber gastado siete pares de alpargatas, tuvo mucha actividad política hasta que dos años más tarde el ejército nacional entró en Santander proclamando la victoria del generalísimo Franco.

A partir de entonces no se volvió a hablar de política. Como tantos otros del pueblo, entró a trabajar en la cantera de Solvay en Cuchía. Allí acudió caminando junto a la ría durante treinta y cinco años; allí cargó toneladas de piedra en los baldes que iban desde Cuchía a Barreda. Como el resto del pueblo, complementaba el salario con media docena de vacas, dos de ordeño, un par de novillas y dos o tres becerras.

Siguió, también como el resto de vecinos, casado hasta que la muerte le separó de Nina en 1978, dos meses después de ejercer de nuevo el derecho al voto, una libertad interrumpida desde febrero de 1936.

Pasó sus últimos años junto a su mujer sentado bajo la vieja higuera mirando cómo el cura, don Pedro, subía hacia la iglesia o salía con su Land Rover, cómo su hermana y vecina, Dulia, la Grilla, y su otra vecina, Matilde, la Pedalita, venían a jugar a las cartas con Nina. El prefería ir a casa Machaco con el resto de los hombres y pasar allí la tarde un día con el tute, otro con el dominó, con un par de cafés y otro par de sol y sombras.

Con sus vecinos de enfrente, Patricio y Angelita, o también llamada La Patricia, no se habló en treinta años. Con el tiempo, el motivo de la disputa se fue olvidando; los años fueron pasando sin que ninguna de las familias mirase a la casa del vecino.

Pepe Velar se presentó a la alcaldía de Miengo por el partido socialista y fue elegido alcalde en las elecciones del 36. El bastón de mando le duraría poco más de un año porque en el 37, tuvo que huir hacia Asturias ante la inminente caída de Santander. Pasado el puente de Unquera se lo pensó mejor, había dejado en casa a su mujer, Remedios con tres hijos pequeños y, lo más importante, no había hecho nada, ni había denunciado a nadie, ni creía tener ningún enemigo, por eso decidió volver.

Mucho le insistieron sus compañeros de huida en que no regresara, pero no hubo manera y emprendió el camino de vuelta a Cudón. No habían pasado tres días cuando unos militares del frente nacional, acompañados de dos falangistas de camisa azul con el escudo del yugo y las flechas se presentaron en su casa con una orden de detención.

Muy tranquilo besó a Remedios y a sus tres hijos y les tranquilizó.

—No llores, Remedios, tú eres una mujer valiente, cuida de los niños, seguro que en unos días estoy de vuelta en casa.

Fueron sus últimas palabras mientras liaba un cigarro, lo encendía y daba una profunda calada. Empezó a caminar con los militares y los falangistas y Remedios se quedó en el quicio de la puerta con sus dos hijos pegados a sus piernas y el más pequeño, Ico, en brazos.

Vio cómo lo subieron a un camión militar que iba haciéndose más pequeño a medida que se alejaba entre la sombra de los plátanos por la recta de Cudón.

Los militares llevaron a Velar al barco prisión que se encontraba en la bahía de Santander. A los pocos días recibió la sentencia por haber sido alcalde en unas elecciones democráticas. Condena de muerte.

Dos meses más tarde llegó el indulto, pero Velar ya había sido fusilado junto a una tapia del cementerio de Ciriego.

Castillo regresó a casa donde le esperaba su mujer, Esperanza y sus dos hijos pequeños, Pepita de cuatro años y Pepe Luis de tres. Se ganó la vida como pintor aunque en los años de la postguerra hizo todo tipo de trabajos y chapuzas, sobre todo en trabajos de mantenimiento en Solvay.

Su pasado socialista fue silenciado y no tuvo problemas porque su hermano, Pepe el hijoputa, era un guardia civil que se ganó a pulso ese sobrenombre. En los duros años cuarenta y primeros de los cincuenta atemorizaba a todos, así que cuando llegaba a alguna taberna comía y bebía a placer, y nunca nadie se atrevía a pasarle la cuenta. Su fama perdura hoy en día y cuando alguien come mucho se dice «Te estás poniendo como Pepe el hijoputa».

Castillo no tuvo nunca buenas relaciones con su hermano guardia civil, pero sí le valió ese vínculo fraternal para no sufrir represalias por el bando nacional.

A finales de los años cuarenta Esperanza fue atropellada por un tren en un paso a nivel entre Ganzo y Torrelavega. Murió en el acto.

Con sus dos hijos adolescentes, unos meses más tarde se arregló con Tina, la zapatera, una viuda que remendaba zapatos y lo que fuese cerca de la plaza mayor de Torrelavega. Ella aportaba a otra hija, Elenita.

Vivieron juntos casi cincuenta años hasta que Castillo, a los 95 decidió separarse de Tina y marcharse a vivir a una residencia. Eso hizo que los hermanos nunca más se hablasen. Elenita se llevó a su madre y jamás volvieron a cruzar palabra los hermanos postizos.

A los pocos meses de volver de Madrid, Gema empezó a encontrarse mal, con vómitos y mareos. No necesitó ir al médico, su hermana le hizo el diagnóstico certero. Estaba embarazada. Aunque estuvieran en tiempos de la República, una madre soltera era lo peor que podía pasar en la familia.

Por más que le insistieron de cómo había podido pasar, ella guardó silencio toda su vida y nunca comentó ni cómo sucedió ni mucho menos la identidad del padre.

El 14 de julio de 1936 nacía una niña a la que puso de nombre Libertad. Los tres años de guerra, aunque Santander cayó en 1937, fueron muy duros para todos, pero en especial para una mujer soltera del bando de los rojos con una niña llamada Libertad. Una tarde de primavera de 1942 llamó a la puerta Sagrario, una casamentera de Vargas que había negociado con la hermana de la Churra algún posible arreglo para que, si pasara alguna desgracia, Dios no lo quisiera, Gema y su hija no quedaran tan desamparadas.

Por un considerable precio, quinientas pesetas, la casamentera le había prometido a Ramiro, el dueño de un almacén de piensos de Castañeda en buena posición, buscarle una buena esposa. Uno de los hermanos de Ramiro era el que había hecho todo el arreglo, porque a Ramiro le había abandonado su mujer llevándose a sus cuatro hijos, un día subió a un tren a Madrid y se supone que de ahí a Valencia, donde dicen que tenía un tío soltero y rico, sin mirar atrás.

Ramiro, loco, se echó a la bebida, descuidó su negocio y no hacía más que beber y llorar. Ante esta situación, su hermano contrató los servicios de la casamentera de Vargas sin poner ninguna condición, salvo que fuese una buena mujer, que volviese a la vida al desgraciado de Ramiro.

La hermana de Gema y la casamentera no sabían por dónde empezar, pero Gema, siempre tan lista, enseguida se olió la tostada y les dijo que hablaran claro y rápido.

Sagrario vendió su negocio lo mejor que pudo, no en vano se jugaba quinientas pesetas, la hermana de la Churra ni podía respirar mientras preparaba tres achicorias. Cuando la casamentera ya no tenía más que decir, la Churra, dijo:

—Acepto.

—¡Ay, ay! —suspiró su hermana mientras le largaba dos efusivos besos—. ¡Qué alegría!

En tres meses, Gema se casaba, de negro, claro está, en la colegiata de Castañeda. La niña, Libertad, pero a la que el cura se negó a llamar de esa manera y decidió que su nombre era María, llevaba las arras, el hermano de Ramiro fue el padrino y la hermana de la Churra, la madrina. Se celebró un almuerzo en el bar de Miro Mirones en Castañeda y a las seis de la tarde ya estaba cada uno en su casa.

La Churra enderezó a Ramiro, sin amor, pero con respeto, lo trató bien y con cariño. Al año tuvo un hijo, Ramirín, el negocio fue prosperando y formaron una familia como Dios manda. No fue una mujer feliz, aunque tuvo sus momentos, pero, a pesar de que a veces las lágrimas le caían sin motivo aparente mirando a su hija Libertad, supo encarar la vida como vino, sin más dramas, en silencio.

ÍNDICE

Este libro se terminó de editar en Granada
en septiembre de 2025 por

Aliarediciones

www.aliarediciones.es
info@aliarediciones.es